Tiara Label

ティアラ文庫

CEOのプロポーズ

水島 忍

presented by Shinobu Mizushima

JN264614

プランタン出版

イラスト／秋那ノン

目次

※本作品の内容はすべてフィクションです。

序章

宮下有紗《みやしたありさ》は初めて訪れるお屋敷に恐れをなしていた。

そこは、有紗の庶民的感覚からすると、とんでもなく豪奢《ごうしゃ》な邸宅だった。何しろ、ここは高級住宅地として有名なところで、至るところに大きな家が並んでいる。しかし、今から訪問しようとしている家の塀はどこまでも続いていて、門から玄関までの距離も相当長いようだった。だいたい、綺麗に手入れされてある樹木に邪魔されて、ここからでは家の屋根しか見えないのだ。

わたしなんか、門前払いされてしまうかも……。

有紗は童顔で、自分が実年齢より若く見えることを知っていた。二十歳だが、化粧をしていないと、高校生に見られてしまうのだ。今日は落ち着いたスーツを着て、長い黒髪は垂らさずに後ろでまとめているとはいえ、化粧らしき化粧はしていないから、やはり十代に見られてしまうかもしれない。

せめて電話の一本くらい入れておくべきだった。まさか、こんなお金持ちの家だなんて思わなかったのだ。

しかし、このまま帰るわけにもいかない。これは二ヵ月前に亡くなった父の遺言だからだ。四十九日も過ぎた今、父の遺志に従って行動しなくてはならない。

有紗は勇気を振り絞って、煉瓦《れんが》の門柱につけてあるインターフォンを押した。しばらくして、女性の声が聞こえてきた。中年というより、もう少し歳がいっているようだった。

『はい……どなたでしょうか？』

「あのっ……わたし……わたし……恩返しに来たんです！」

『……は？』

有紗は緊張のあまり、自分が間抜けなことを口走ってしまったことに気づいて、慌てて言い直した。

「宮下有紗と言います。亡き父がこちらのご主人に大変お世話になったと聞きまして、お礼に伺ったんです」

『まあ……お父様が……。事情はよく判らないけど、お話を伺いたいわ。どうぞ』

黒い飾りアイアンの門扉が自動で開いていく。有紗は驚いたが、お金持ちなら、きっとこのくらい当たり前なのだろう。有紗は門から続く舗装された道を辿り、玄関へと辿り着いた。振り返ってみても、ここからは樹木に遮られて、門は見えない。

屋敷は想像どおり大きな建物で、煉瓦の外壁を蔦《つた》が這う、とても風情のある洋館だった。広々とした玄関ポーチに至る石段を上がると、両開きの重厚な扉が目の前で開いた。そこには、一人の上品な老婦人がいた。

「いらっしゃい。宮下さん……でしたかしらね」

突然訪ねてきた若い娘を、こんなふうに微笑んで迎えてくれるなんて、心の広いご婦人なのだろう。

老婦人に誘われるままに、有紗は屋敷の中に足を踏み入れた。玄関はぴかぴかに光る大理石の床だった。老婦人が勧めてくれたスリッパを履いて、何気なく上を見上げた。そこは吹き抜けとなっていて、天井からは豪華なシャンデリアがぶら下がっている。そして、二階へと続く階段の艶のある木製の手すりは見事に磨き抜かれていた。

夢みたいなお屋敷なのね……。

有紗はほーっと溜息をついた。自分が暮らしている公営アパートとは、まったく違う。

「素敵なお宅ですね」

「どうもありがとう。どうぞ、こちらへいらして」

老婦人はにこにこと笑いながら、ステンドグラスのはまった扉を開いた。そこは、広々としたリビングだった。パーティーでも開けそうな広さだ。いや、実際、ここではパーティーが開かれたことがあるのではないかと思う。応接セットの他に、何人も座れそうな大きな革張りのソファが二つ置かれ、白いグランドピアノもあった。大きな窓から見えるのは、広いテラスで、その向こうにはプールもある。

有紗には、ここで開かれるパーティーの情景が見えるようだった。きっと、着飾った男女が集まり、シャンパングラスで乾杯したりするのだろう。もちろん、そんな生活は、自分にはなんの関係もない。

「あの……ご主人はどちらへ……？　ご在宅ではないのでしょうか？」

「とりあえず、そちらへお座りになって。今、お茶を淹《い》れるわ。今日は家政婦が休みを取っていて、私しかいないのよ」

老婦人はダイニングの向こう……恐らくキッチンへと向かっていた。

「あの……どうぞお構いなく。わたし、お茶を淹れていただくような、そんな客ではないんです」

少なくとも、この屋敷に似合う上品な客でないことは確かだ。生まれや育ちを卑下《ひげ》するわけではなかったが、やはりここに自分がいることは場違いにしか思えなかった。

「あら、私がお茶を飲みたいんですよ。よかったら、お付き合いくださいな」

そう言われてしまっては、それ以上、固辞するのもよくない。有紗は応接セットのソファの端にちょこんと腰を下ろした。小柄な自分に対して、ソファが大きすぎるのだ。

しばらくして、老婦人はトレイにティーセットを載せてやってきた。彼女は有紗がソファの隅のほうに座っているのを見て、柔らかい笑みを浮かべ、テーブルの上にお茶とお菓子を出してくれた。

彼女は有紗の前に座り、じっとこちらを見つめてきた。

「さあ、あなたがここに訪ねてきてくださった理由を教えてくださらない？」

上品な問いかけに、有紗は気分がほぐれるのを感じた。自分が場違いだという気持ちに変わりはなかったが、にこやかに微笑まれると、いつまでも緊張してはいられない。

「わたしは父と二人暮らしでした。父は二ヵ月前に亡くなったのですが、遺言を残していったのです。若い頃に事業に失敗して、橋の上から飛び降りようとしたときに、こちらのご主人に命を助けられたとか。しかも、ご主人は親切にもお金を貸してくださって……」

「まあ……そんなことが。それで、その『ご主人』の名はなんと……？　昔の話であれば、私の夫か、息子のことだと思いますけど」

有紗は目をしばたたいた。てっきり、老婦人の夫のことだと、思い込んでいたからだ。

「七條誠一郎《しちじょうせいいちろう》さんと伺っておりますが……」

老婦人の顔はぱっと明るくなった。

「誠一郎なら、私の主人です。でも、そうでしょうね。そんなふうに人助けをするのは、あの息子には無理ですもの」

彼女の息子は一体どういう人なのだろうと思ったが、有紗の訪問の目的とはあまり関係がなかった。

「それで、ご主人は今、どちらへ」

老婦人は上を見上げた。釣られて有紗も上を見たが、高い天井やシャンデリアが見えるだけだった。

「二階……ですか?」

「いいえ。天国です」

有紗は思わず悲痛な声を上げた。これでは、父の遺言を果たせない。

「父は借りたお金は返済していますけど、わたしに言い残したんです。こちらのご主人の何か役に立て、と。自分の代わりに恩返しをしてほしいと」

老婦人はじっと有紗を見つめてきた。

「主人はそのお気持ちだけで充分、報われたと思うでしょう。わざわざ訪ねてきてくださって嬉しいけれど、主人は亡くなっていますし、もう……」

「それなら、わたし、こちらのご家族の方の役に立ちたいです！　何かお困りのことはありませんか？　奥様でも息子さんでも……」

「息子も亡くなりました」

有紗は言葉に詰まった。

「そ、それでは、お孫さんとか……」

「そう。孫息子が一人おりますのよ」

老婦人は何故だか意味深な笑い方をした。にやりと笑ったような気がして、有紗はすぐに気のせいだと思った。この上品な人がそんな下品な笑い方をするわけがないからだ。

「ねえ、本当になんでも頼んでいいのかしら？」

「もちろん、わたしのできる範囲ですけど、お役に立てることなら、なんでもします！」

父の気持ちに沿うようにしてあげたかった。父は死ぬまで、誠一郎氏に充分な恩返しができていなかったことが気がかりだったのだ。だから、病床で有紗に誓わせた。必ず、なんらかの恩返しをすると。

有紗は子供の頃に母を亡くし、ずっと父と二人で暮らしてきた。父は優しく、有紗を大切に育ててくれた。母親がいないことも感じさせないくらい、本当になんでもしてくれたのだ。父は有紗のすべてだった。

その父が病に倒れた。もう長くないと判っていたから、有紗は働きながら懸命に看病をした。その父と約束したことだ。絶対に、あのときの誓いを破ったりしない。有紗はそのために、できるだけのことをするつもりだった。

「『メイド探偵ユイナ』ってドラマを、ご存知？」

いきなり話題が変わって、有紗は一瞬きょとんとしたが、すぐに気を取り直した。きっと、老婦人はあのドラマが好きなのだろう。

「はい！　ヒロインのメイド姿がとても可愛くて、いつも見ています」

老婦人は大きく頷いた。

「そうよね。可愛いわよね。あなたみたいなスタイルのいい方なら、ああいう格好がとても似合うと思うわ」

「いえ、そんな……。スタイルがいいなんて……」

単なるお世辞だと思いながらも、褒められた嬉しさから、有紗は頬を染めた。有紗の頬は少しの動揺ですぐ赤くなるのだ。

「いいえ、あなたのスタイルはいいし、とっても似合うと思うわ！　だから、ああいう格好で、うちで家政婦をやっていただけないかしら」

可愛いメイド姿には憧れるが、ああいう格好で家政婦の役目をする人が、本当に今の世の中にいるのだろうか。メイドはメイド喫茶にしかいないと思っていたのに。やはり、上流社会にいる人の考えることは、常人には計り知れないものがあるのだろう。

「でも、家政婦さんはすでにいらっしゃるのでは……？」

「彼女は私と一緒でもうずいぶん年寄りなの。もっとも、本人は私より一回り若いと言ってますけどね。とにかく、やめたくて仕方がないようだから、代わりに若い方が来て、お掃除に励んでくれると嬉しいわ。彼女は使っていないお部屋のお掃除はしてくれないのよ。腰が痛いと言って」

今いる家政婦はきっと長い間ここで働いていて、老婦人とも気心が知れているのだろう。だから、腰が痛いなどと愚痴《ぐち》を零《こぼ》されても、老婦人は彼女をいつまでも手放せなかったのかもしれない。

「もちろん、わたしでよければ、いつでもお手伝いをさせていただきます！」

有紗はこのお屋敷が一目で気に入っていた。ここを隅《すみ》から隅まで綺麗にするのは、さぞかし楽しいことだろう。

「住み込みでお願いできるかしら？　お仕事は食事の支度と後片づけ、掃除と洗濯と買い物。それから、雑用を頼むかもしれないけど、もちろんお給料は仕事量に見合うだけ出させていただくわよ」

「お給料なんて、とんでもないです！　わたしは父の遺言のために恩返しをしたいだけなんです！」

「いーえ、メイドの格好で働いてもらえるだけで恩返しになるんだから、お給料はちゃんと出しますよ」

そういえば、これはただの家政婦の仕事ではないのだ。メイドの格好をするという条件がある。どうやら、有紗が思うより、その服装には何か意味があるのかもしれない。

「でも、どうしてメイドの格好を……？」

有紗は恐る恐る尋ねた。老婦人はにっこりと笑った。

「孫がメイドさんが好きなんですって。だから、あなたがメイドの格好をしてくれると、それだけで孫の心が和むのよ」

なるほど。そういうことなのか。

家政婦の仕事とメイドの格好をすることは、別の意味があるのだ。メイドの格好は孫のため。家事をするのは老婦人のためだ。彼女の孫はどのくらいの年齢なのだろう。小学生か中学生、それとも高校生くらいだろうか。

「お孫さんのことを大事にしてらっしゃるんですね？」

「ええ。私にはあの子しかいないのよ。他に近い親族がいないから、あの子だけが心の支えなんです」

「こちらでお二人だけで暮らしてらっしゃるんですか？」

「そうよ。だから、あなたもここで暮らして、毎日、孫の気持ちを和ませてほしいの。癒してあげてほしいのよ」

彼女の孫は何か精神的に問題を抱えているのだろうか。不登校とか、いじめとか、受験でストレスを感じているとか……。

有紗は閃いた。これこそが、恩返しになることだ。父のために自分ができる精一杯のことだ。

「判りました！　ここで住み込みのメイドをやります！」

老婦人はまさに満面に笑みを浮かべた。

「ありがとう。あなたは天使のような人だわ！　恩に着ます」

握手を求められて、手を握ると、老婦人は涙を流さんばかりに大げさに有紗の手を両手で握り締めた。その手はとても温かくて、父を亡くしたばかりの有紗はほろりとする。兄弟もいない有紗には、肉親のような親密さで手を握ってくれる人はもういないのだ。

この心優しい老婦人のためなら、なんでもできる。頑張って、彼女の孫の心が癒えるようにしてあげたい。

有紗はそう決心した。

第一章　ご主人様とメイド

黒塗りの高級車が家の玄関ポーチの前に着いた。七條誠人《しちじょうまこと》は後部座席から降りて、なんとなく溜息をつく。

我が家に着いたのに、溜息をつくことはないはずなのだが、今日は何故だか嫌な予感がするのだ。今朝、出かけるときに祖母の幸恵《ゆきえ》が早く帰ってきてほしいなどと言ったからだろう。

どうせロクなことじゃないに決まっている。

そう思うのは、長年、幸恵と暮らしてきた孫の勘《かん》だ。けれども、悪い予感がするという理由で、帰宅を遅らせるわけにはいかない。これでも、祖母を大事に思っているからだ。

彼女と自分はたった二人だけの家族だ。祖父も両親も死に、兄弟もいない。ちなみに彼女は一人息子しか授かっていない。まさに、彼女が頼れるのは自分だけなのだ。

それなのに、幸恵の頼みを無下に断ったり、無視するわけにはいかなかった。

車のドアを開けてくれた運転手は、誠人に一礼する。

「明日はいつものお時間で大丈夫でしょうか？」

「ああ、頼むよ」

自分よりはるかに年上の運転手に向かって、誠人は尊大な返事をしている。だが、こんなことはいつものことだ。祖父がつくった車の製造販売会社を、父が大きく発展させた。父亡き後、誠人はその七條コーポレーションという名になった大企業の若きＣＥＯ《シーイーオー》に就任している。

仕事は好きだ。大局を見て、集められた情報を検討し、判断する。幸せなことに、この仕事は自分に向いていると思う。三十二歳という年齢でＣＥＯを務めているのは、そのためだ。そうでなくては、いくら創立者の孫で、筆頭株主であっても、そう簡単にはＣＥＯにはなれない。

私生活もまずまずだ。結婚する気はまだないが、たまに女性と付き合うことはある。だが、基本的に、女性より仕事が好きなのだ。本当は金だけが目当てのくせに、愛だの恋だのと言って、自分を縛ろうとする女性達と一生結びつけられるのは真っ平だった。

幸恵はそんな誠人に難色を示している。早い話が、早く結婚をして、早く曾孫《ひまご》の顔を見せてほしい、と。

曾孫だって？　冗談じゃない！

誠人は当分、結婚などするつもりはなかった。当分どころか、永遠にしないかもしれない。夫婦同伴が基本の外国人との付き合いでは、妻がいないと不便なこともあったが、それだけの話だ。まして、子供など別に欲しくもなかった。

だが、曾孫の顔を見たいと願っている幸恵に責められると、本当に弱ってしまう。彼女の願いを退けるのは、心が痛むのだ。だが、しょっちゅう、結婚の話をされるのもウンザリだった。

幸恵とそのことで口論したのは、ほんの一週間ほど前のことだった。のらりくらりと話をはぐらかす誠人に、幸恵がとうとうキレたのだ。

『じゃあ、一体、あなたはどんな女性が好みなの？』

結婚したくないのは好みの問題ではなかったが、ちょうどそのとき、テレビにひらひらのメイド服を着た女の子が映っていた。思わず、誠人はテレビを指差した。

『あの娘みたいなタイプです』

口からでまかせだったが、幸恵は唖然《あぜん》として絶句した。悪いことをしたと、一瞬、後悔したが、長期的にはこれで幸恵の口出しも少なくなるだろう。今まで何人の良家の令嬢を家に招待して、強制的なお見合いを計画したことか。もっとも、まったく無駄な結果に終わったが。

だから、今朝の幸恵の様子には警戒してしまう。嫌な予感がする。そして、この手の予感は裏切られることはあまりないのだ。

玄関ポーチで、誠人はチャイムを押し、家政婦がドアを開けてくれるのを待った。鍵は持っているが、自分で鍵を開けるときは家政婦が帰った後に限られていた。ドアも開けてもらえないなら、家政婦を雇っている意味がないからだ。

しかし、どうやら家政婦は耳が遠くなったらしい。もういい歳だから、仕方ないのだろうか。諦めて鍵を出そうとした途端、ドアが開いた。

「お帰りなさいませ、ご主人様！」

誠人は我が目を疑った。

老家政婦ではなく、メイド服姿の女の子が目の前に立っている。まるで、テレビから脱け出したかのようだった。

彼女の大きな瞳と目が合ったとき、柄にもなく胸がときめいた。

なんて可愛い……じゃなくて、誰だ、この娘は！

彼女のほうも誠人の顔を見て、驚いているようだった。だが、すぐに笑顔になった。長い髪をおさげにして、ひらひらしたヘッドドレスをつけている。顔はドキッとするほど可愛いが、誠人の好みよりはずいぶん年下だ。少なくとも、十代の女の子など相手にしようとは思わない。

服装はいわゆるメイド服だ。あのメイド探偵のドラマに出てくるヒロインがこんな服を着ていた。袖とスカート部分がふんわりと膨らんでいる黒いワンピースに、白いレースがふんだんに使われている。そして、それに真っ白のエプロンにもフリルやレースの飾りがついていた。

スカートは膝より十センチほど短い。ニーハイソックスを履いていて、そこにもレースがついていた。

これは幸恵の策略だ。あのドラマのヒロインが好みだと言ったから、幸恵はこのメイドを家に入れたのだ。あれで諦めてくれたと思っていた自分が馬鹿だった。

しかし、実際には誠人は別にこんなちゃらちゃらしたメイドなど、好きでもなんでもない。幸恵がどう思おうが、こんな女の子をデートに誘う気はないし、まして結婚相手なんてとんでもなかった。

「誰だ、君は？」

誠人は思いっきり突き放した声で尋ねた。相手が怖がってくれれば、話が早い。しかし、彼女はにっこりと笑顔で答えた。

「今日から家政婦として雇われました。宮下有紗《みやしたありさ》です。よろしくお願いします！」

有紗は両手を揃えて、丁寧にお辞儀をした。

てっきり若い子にありがちなぞんざいな頭の下げ方をするかと思っていたのに、それは意外だった。とはいえ、誠人はこんな状況を許しておくわけにはいかなかった。

「祖母は？」

「リビングでレース編みをしてらっしゃいます」

誠人はリビングのドアを開けて、幸恵の姿を捜した。彼女はソファでのんびりと編み針を動かしていたが、誠人のほうを振り向いた。

「あら、お帰りなさい」

「新しい家政婦だなんて……尾崎《おざき》さんはどうしたんですか？」

「尾崎さんはもう歳なのよ。腰が痛いんですって。前からやめたいと言っていたのを、私が無理を言って、引き止めていたんだけど……。だけど、新しい家政婦さんが来てくれたから、助かったわ」

そんなことをしゃあしゃあと言う彼女を、誠人は睨みつけた。

「だからって、こんな格好をさせなくても……」

幸恵はふふふと意味ありげに笑った。

「だって、あなたはそういう格好がお好みなんでしょう？　だったら、いいじゃない」

「いえ、あれは……」

「どうせ、あなたはほとんど家にいないんだから。私も若い頃にああいう可愛い服を着たかったわ。有紗ちゃんに代わりに着てもらって、それを眺めるのが嬉しいの」

「だけど、家政婦としては、ああいうのはどうかと……」

「……そうよね。じゃあ、私が着てみようかしら。どうかしらねえ。ふくよかな女性にも着られるメイド服なんて売ってるかしら」

一瞬、メイド服を着た幸恵が頭に浮かんで、誠人は慌ててそれを打ち消した。とんでもない話だ。たとえ家の中でも、そんな格好を祖母にさせるわけにはいかない。

「いえ、やっぱりメイド服はメイドに着てもらうべきでしょう！　幸い宮下さんには似合っているわけだし」

誠人は傍らに控えている有紗に目をやった。やはりスカートが短すぎるような気がする。この格好で拭き掃除なんかしていたら、スカートの中が見えてしまうんじゃないだろうか。だいたい、手足が長すぎる。小柄でほっそりしているのに、胸はけっこうあるし……。

いや、どんなに可愛くても、彼女は家政婦だ。雇い主として、雇い人をそんな不埒《ふらち》な目で見てはいけない。

誠人は視線を逸らして、幸恵に目を向けた。

「それじゃあ、有紗ちゃんにはメイド服を着てもらうことでいいわね？」

「はあ……仕方ないですね」

誠人は諦めの境地で頷いた。幸恵の魂胆《こんたん》は判っている。だが、こんな若い娘を結婚相手に選ぶわけがないのだ。そこを彼女は見誤っている。

「でも、彼女は未成年なんじゃないんですか？」

「いいえ、二十歳だそうよ」

有紗を見ると、彼女はにっこり笑って頷いた。

「はい、あと数ヵ月で二十一になります、ご主人様」

てっきり十代だと思っていたから、一応、成人していると聞いてほっとした。が、二十歳なんて、まだ子供と同じだ。少なくとも、三十二歳の自分からしたら、一回りも違う。相手になるわけがない。

そこのところが、幸恵にはぴんと来ないのかもしれない。メイド服を着せるのに、ちょうどいい人材が現れたとしか思っていないのだろう。

そもそも、メイド服を着た可愛い女性がタイプだとしても、それだけで結婚相手に選ぶわけがないのに。

とはいえ、二十歳そこそこの女の子が、何十年もここで家政婦をしてくれていた尾崎と同じような働きはできないだろう。それを考えたら、有紗がここで家政婦をしているのも、そう長いことではないかもしれない。

もちろん、僕はメイドなんかに興味はないし、手を出したりしないのだから。せいぜい、冷たく振る舞って、無視してやろう。その様子を見ていたら、幸恵も有紗ではダメだと悟《さと》るに違いない。

「祖母が君を雇《やと》いたいと言うから雇うが、僕をご主人様と呼ぶのだけはやめてくれ」

誠人は厳しい突き放した態度で有紗に言った。いかにもメイド喫茶で使われるような安易な呼びかけを、してもらいたくなかった。ここは祖母と自分の家だ。自分が仕事から解放されて、安らぐ場所なのだ。

「では……なんとお呼びすれば？　旦那様とか？」

急に年寄りになったような気がして、誠人はうんざりした。

「普通に名前で呼んでくれればいい。誠人さんとか」

今までの家政婦にはそう呼ばれていたのだ。それが一番正しい呼び方に違いない。もっとも、子供の頃は『坊ちゃん』と呼ばれていたのだが。

「判りました。誠人さん……ですね？」

彼女に名前を呼ばれて、ドキッとした。しかし、すぐにそれを頭の中で打ち消す。

冗談じゃない。こんな小娘の罠《わな》にはまったりするものか。

「お夕食の準備ができていますが、今すぐお召し上がりになりますか？」

有紗の問いかけを無視するように、誠人は幸恵に向かって話しかけた。

「夕食、まだなんでしょう？　久しぶりに一緒に食べましょう」

幸恵は嬉しそうに微笑んだ。

「あなたが早く帰ってきてくれたからね。若い人が二人も家にいるなんて、賑やかで本当にいいわ」

幸恵の魂胆は判っているつもりだが、わざとらしいにもほどがある。けれども、なんといっても、自分の祖母だ。腹が立つこともあるが、なるべく彼女の意に沿うようにしてあげたいという気持ちには変わりはない。

「じゃあ、部屋に行って、着替えてきますからね」

幸恵に愛想よく微笑んだ後で、有紗に冷ややかな態度で向き直った。

「夕食の準備を頼むよ」

「はい、今すぐに」

思いっきり冷たく振る舞っているつもりなのに、有紗は怯《ひる》むどころか、温かな微笑みを返して、キッチンのほうへと向かった。

自分の態度があまりにおとなげなかったような気がして、胸にちくりと棘《とげ》が刺さったような痛みを感じた。

いや、これは正しいことだ。彼女だって、もっと若い男がいいに違いない。自分の年齢に釣りあうような相手が。

誠人はそう考えながら、二階の自分の部屋へと向かったが、ちっとも気持ちが晴れなかった。


有紗はまだ心臓がドキドキしていた。

幸恵の孫はてっきりまだ中学生か高校生くらいだと思っていた。勉強や友人関係で悩んでいるのを、このメイド服で癒《いや》すのだと……。

けれども、それは有紗の勝手な思い込みで、決して幸恵はそんなことを口にしなかった。

最初、誠人を見たとき、心臓が飛び出すかと思った。王子様に出会ったような衝撃を受けたのだ。一目惚《ぼ》れなんて初めてだった。そもそも、有紗は男性と付き合ったことすらない。なんとなく好きな人はいても、なんとなく終わってしまう程度の気持ちだった。

　彼は立派な大人で、しかも、とても素敵な男性だった。有紗は以前していた仕事で、たくさんの男性と会った。若い人から年配の人まで、芸能人やスポーツ選手もいたが、彼ほど印象に残る人はいなかった。彼より格好いい人もいたと思うが、有紗はあまり興味がなかったのだ。

　彼は身長が高く、バランスのいい体格で、仕立てのいいスーツがよく似合う。顔立ちは整っていて、男らしい。しかし、甘い雰囲気などどこにもなく、眼差しは鋭く、口元は引き結ばれていた。

　けれども、一目惚れをした理由は、好みの外見というだけではなかった。自分でもよく判らない何かのためだった。彼に惹かれる衝動は止めようもなく、有紗はダイニングに現れた誠人を盗み見た。

　彼はスーツの上着とベストを脱ぎ、ネクタイを外していて、白いワイシャツのボタンをいくつか外している。胸元がちらりと覗いていて、それが何故だか色っぽく見えて仕方がない。

　わたし……そんな不埒な気持ちでここへ働きに来たんじゃないのに……！

　ここへ来たのは、あくまで父のためだ。誠一郎《せいいちろう》氏の家族に恩返しをするためだ。こんな浮ついた気持ちでいてはいけない。

　有紗はなんとか平静を保ち、食卓の用意をした。テーブルの上に並んだ料理を見て、誠人は冷たい口調で言った。

「若いわりに、料理はちゃんとできるようだな」

「お口に合うかどうか判りませんが」

　有紗はずっと父と二人きりで暮らしてきた。父も料理をしてくれたが、父に負担をかけたくない一心で、有紗も料理ができるように努力をしたのだ。もっとも、シェフが作るような豪華な料理なんかではなく、素朴《そぼく》な家庭料理ばかりだったが。

「そうだな。味は食べてみないと判らないから」

　誠人は有紗に対しては素っ気ない態度を取る。社会人だから、いつも初対面の人間にこまで冷たい態度を取るわけではないだろう。ということは、自分は彼に気に入られてないのだろうか。

　有紗は少し悲しい気持ちになった。彼に一目惚れをしたからこそ、少しくらい優しくしてもらいたいと思ってしまうのだ。もちろん、家政婦である自分が、優しくするような対象でないことは、よく判っているが。

でも、せめて冷たい目で見てほしくない。ごく普通の態度でいてほしい。自分の願いはそれほど不遜《ふそん》なものではないはずだ。

「まあ、とってもおいしそうだわ。有紗ちゃんに来てもらって、正解だわね」

雰囲気を和《なご》ませるつもりなのか、手を洗ってきた幸恵が席に着いた。有紗も一緒に食事をするように言われていたので、椅子に座った。

窓を背にした席が誠人の座る場所で、その両側に幸恵と有紗が向かい合わせで座る。ダイニングは広いし、テーブルは大きいが、こうして食卓を囲むと、家庭的雰囲気がしてきて、有紗は急に誠人に目を向けられなくなってしまった。

どうにも彼のことを意識してしまう。彼が素っ気ないからこそ、家政婦として適格かどうか、冷たい目で見張られているような気がしてならないのだ。誠人はこの家の主人だ。彼が有紗をすぐにでも解雇したければ、そういうことになるだろう。

でも、わたしはここで働きたいわ！

父の遺言のこともあるが、幸恵のことは好きだったし、誠人のことも気になる。一生懸命に働いて、彼らの役に立ちたかった。そして、一人前の家政婦として認められたかった。

誠人に一目惚れしたとしても、自分のような家政婦とは身分が違う。これが恋愛に発展するとは思わなかったし、そうなるとも思えなかった。だから、女の子としてではなく、家政婦として有能だと思ってもらいたかった。

もちろん、王子様との恋を夢見ていないわけではなかったが、それが現実にならないことくらい、有紗もよく知っていた。

「おいしいわねえ。有紗ちゃんのお母さんはお料理が上手だったのね」

「あ、えーと……はい。とても上手でした。わたしは母ほど上手くはありませんけど」

幸恵は有紗が母に料理を習ったのだと思っているのだろうが、実は違う。学校で習ったこと以外は、ほとんど独学だった。試行錯誤して、他人にもおいしいと思ってもらえるような腕前になったのだ。

しかし、七條家の家政婦になることになって、昔の努力がこうして役に立ったことが嬉しかった。料理ができなかったら、たとえ掃除や洗濯がどんなに上手くても、誠人に追い出されていたに違いない。

「このお味噌汁なんて、本当にいいお味……。ねえ、誠人もそう思うでしょう?」

幸恵と共に、有紗も誠人のほうを見つめた。彼は黙々と食べていたか、幸恵に尋ねられて、彼女のほうに顔を向ける。

「そうですね。……まあ、合格と言っても差し支えないでしょう」

誠人は何故だか残念そうな顔をしていた。もっと不味《まず》いなら、さっさと追い出せたのにということなのだろうか。

そう考えると、自分がここに居座ることが、本当にいいことなのかどうか考えてしまう。そもそも、彼は別にメイド服がそれほど好きなようには見えない。それとも、メイド服は好きだが、その中身は気に食わないということなのかもしれなかった。

そんな……。それだけは嫌。

有紗は彼を癒さなければ、使命が果たせないのだ。どうしても嫌われるわけにはいかなかった。

しかし、もし嫌われているとしたら、どうすればいいのだろう。自分は何か彼の気に入らないことをしたのだろうか。まったく覚えはなかったが、何か変なことを口走ってしまったのかもしれない。たとえば、礼儀作法に外れたことだとか。

「誠人ったら、素直じゃないわね。こんなにおいしいのに……」

幸恵は有紗に微笑みかけてきた。

「ごめんなさいね、有紗ちゃん。誠人は仕事が忙しいから、疲れているのかもしれないわ。せっかく作ってくれたのに、おいしいの一言も言えないなんて……」

「いいえ、奥様。なるべくおいしい料理を作るのは、当たり前のことです。わざわざ口に出して、言っていただかなくてもいいんですよ」

これは仕事だからだ。掃除や他のことに関しても同じことで、できて当然だ。逆に、できなくては、仕事にならない。ただ、今、自分が傷ついているのは、おいしいと言ってもらえないからではなく、彼があからさまに有紗を拒絶しているからだった。

「お祖母さん、宮下さんの言うとおりです。結局、家政婦を雇っているのは、僕達のほうですからね」

幸恵は呆《あき》れたように溜息をついて、首を横に振った。

「尾崎さんには、いつもおいしいって言ってあげてたじゃないの」

一瞬、誠人の箸《はし》を持つ手が止まり、彼は咳《せき》払いをした。

「尾崎さんは……お祖母さんが無理やり引き止めていたのは明らかですからね。それに、彼女は長くこの家のために働いてくれていた。家政婦という立場を超えた……家族のような人でしたから」

家族のような人……。

有紗は傷ついていたのも忘れて、その言葉にうっとりしてしまった。

わたしも頑張って務め上げれば、そんなふうに思ってもらえるかしら。

思わず微笑んでしまい、誠人のほうを見たが、じろりと有紗を睨《にら》みつけられてしまった。

まるで有紗の馬鹿な想像が、彼の頭の中にテレパシーで送り込まれたかのようだった。

有紗は慌てて視線を逸らし、自分の夕食に目を落とす。

「とにかく、彼女の働きぶりは、これからちゃんと見せてもらいます。……宮下さん」

誠人に名前を呼ばれて、有紗は顔を上げる。誠人はきつい眼差しを自分に投げかけていた。やはり彼は自分のことが、個人的に気に食わないのかもしれない。有紗は一目惚れだっただけに、ほんの少しの好意も向けてもらえないことが悲しかった。

「言っておくけど、若いからといって、僕は甘い点数をあげるつもりはないよ。きちんと家政婦としての仕事ができないなら、出ていってもらうから」

「誠人！　有紗ちゃんはわたしが気に入ってるのよ！」

幸恵が抗議するのを、誠人は遮《さえぎ》った。

「僕は誰を雇っても、同じ要求をする。無能な人間には容赦《ようしゃ》しない」

つまり、彼はわたしが気に食わないのではなくて、家政婦として仕事ができるかどうかが心配なんだわ。

それが判って、かえってほっとした。理由もなく嫌われているのはつらい。そうではなくて、彼は仕事というものに厳しい人間なのだろう。だとしたら、それを納得させられるだけの働きをすればいいということなのだ。

有紗の胸に希望が灯《とも》った。もちろん、過剰な夢を見ているわけではない。女の子として認められたいという気持ちがないではないが、そんなことは夢のまた夢だ。彼とは住む世界が違いすぎる。

わたしは、ここに恩返しに来たのよ。家政婦として、二人の役に立つように、立派に務め上げるだけだ。

「はい、精一杯、頑張ります！」

有紗はにこにこと返事をした。一瞬、誠人が怯んだように見えたが、彼はすぐに元のクールな表情を取り戻した。幸恵はそんな彼の様子を見て、肩をすくめると、有紗のほうに向き直った。

「誠人は七條コーポレーションのCEOなのよ。オフィスで威張っているのは知っていたけど、まさか家庭の中で家政婦相手にこんなに威張り散らすとは思わなかったわ。しかも、こんなに若いお嬢さんに」

「お祖母さん、僕は別に威張り散らしているわけでは……」

幸恵は有紗の気を楽にしようとしているのだ。その気遣いは嬉しかったが、誠人を悪者にはできない。

「奥様、わたし、よく判っています。誠人さんがおっしゃることは正しいと思いますから。大きな会社の責任ある立場の方なら、尚更《なおさら》です。雇用主は雇う相手を働きぶりで評価するものですよね」

有紗は幸恵にも笑いかけた。

「奥様はとても優しい方です。でも、わたし、奥様に甘えてしまわないように、しっかり働きますね」

「まあ、有紗ちゃん……。あなたって、なんていい子なんでしょうねえ」

幸恵はあてつけのように、誠人のほうをちらっと見た。誠人は溜息をつくと、クールに装っていた顔を崩し、笑い出した。

「お祖母さんには敵いませんよ。確かに彼女は外見より、ずっとしっかりした人のようです。料理も上手いと思います。……これでいいですか？」

幸恵は頷いた。

「ええ。あとは、有紗ちゃんに、必要以上に怖い顔をしないであげてね。若い娘さんなんだから」

心配無用だと、有紗は言いたかった。前にしていた仕事では、気難しい相手もいたが、それなりに成果を上げてきた。懸命に働けば、誠人だって、必ず判ってくれるはずだ。

「若い人でなければ、もっとよかったんですけどねえ」

誠人は苦々しい口調で言った。

「たとえば、五十代の既婚の女性とか？　でも、まさに、あなたのリクエストどおりじゃないの」

「家政婦の条件なんかリクエストした覚えはありませんけど」

「もちろん、私は家政婦のことなんか言ってませんよ」

幸恵はにこにこと笑った。それを見て、誠人は顔をしかめた。二人は軽口を叩き合っているが、心が通じ合っているのが判る。仲のいい祖母と孫の姿だ。有紗はなんだか嬉しくなって微笑んだ。

家政婦をするのは初めてだが、こういう和やかな家庭のお手伝いができるのは、とても幸せなことだと思った。現実に、乱れた家庭やぎすぎすした冷たい家庭はあると聞く。けれども、ここはそうではない。幸恵と誠人の間には、確かな愛情という絆《きずな》が見えた。

有紗の心の中に、一目惚れ以上の気持ちが芽生えた。

誠人さんって、なんて優しい人なの。

若くて綺麗な女性に優しくする男性は多い。だが、その男性が本当に優しい人なのかどうかは、判らないのだ。見かけだけの人だっている。もしくは、自分の身内には冷たい人もいる。しかし、お年寄りを大切にできる人は、間違いなく優しい人だ。

できれば、有紗も誠人に優しくされたかった。そのためにも、しっかり頑張って、家政婦としての仕事をしなくてはならない。
有紗は一刻も早く、誠人に自分のことを認めてもらいたかった。

第二章　誘惑された夜

有紗《ありさ》が家政婦として働くようになって、二週間が過ぎた。だが、今のところ、誠人《まこと》はまったく打ち解けてくれない。

家政婦として、できるだけのことをしていて、自分でも頑張っていると思うのに、彼はそのことについて評価をしたことはない。ほんの少しくらい褒めてもらいたいと思うのは不遜《ふそん》なことなのだろうか。彼にしてみれば、金を払う以上、何もかも上手くできて、当たり前のことなのだろうから。

誠人は有紗との間にきっちり線を引いているようだった。誠人と幸恵《ゆきえ》は家族で、有紗は単なる雇用者であるという区別の線だ。幸恵には優しいし、時にはふざけることもある。しかし、有紗に対しては、いつも冷たい態度で接してくる。

幸恵のほうは、有紗を家族のように受け入れてくれて、本当に親切にしてくれるのに。有紗にしてみれば、彼がどうしてそれほど警戒するのかが判らなかった。自分はしっかり働いているし、役に立っていると思うのだが。

それだけでもいいから、有紗は認めてもらいたかった。優しくしてもらいたいとか、家族のように接してもらいたいとか、きっと身分不相応な夢なのだ。そこまで望まないから、せめて家政婦として認めてもらいたかった。

彼が大企業のCEOであることを幸恵に聞かされたときには驚いた。あの若さでそういう役職に就くということは、いろんなストレスもあるだろうし、少しでも自分が力になれれば……と思ったのに、彼はまったく有紗の存在さえもほとんど無視していた。

話しかけるときは、もちろん冷たい口調だし……。

いつまでも、そんなふうに打ち解けてくれないと、悲しくなってくる。彼らを癒すという目的を持っているのに、自分がしていることがムダなのかと思えてくるのだ。

いや、そんなことはない。態度に表さなくても、言葉に出さなくても、きっと彼はひそかに癒されているに違いない。何しろ、彼はこのメイド服がお気に入りなのだから。

でも……本当にそうなの？

有紗はだんだん自信がなくなってきていた。彼がメイド服をじろじろ見ているときがあるのは知っていたが、癒されているような表情ではない。どちらかというと、怒ったようなギラギラした眼差しを向けられているような気がしていた。

あれには、どういう意味があるのだろう。有紗にはさっぱり判らなかった。

とにかく、自分は父の遺志に従って、ここで頑張るだけだ。

今日だって、朝早くから朝食を作って、洗濯をして、この途方もない広さの家の掃除をした後、買い物に出かけて、必要な品物も買ってきた。

夕食を作る前に、いつものように会社にいる誠人から電話がかかってきた。帰りが遅くなるから夕食はいらないという素っ気ない電話だ。

彼と夕食を共にした日は、ほとんどない。彼は露骨に有紗を避けているのかもしれない。いや、そんなことは気のせいに決まっている。そこまで意地悪ではないだろう。幸恵には、あんなに優しいのだから。

そう。有紗には冷たいのに、幸恵に向ける笑顔には本物の愛情が感じられた。あんな顔ができる人に、悪い人はいない。絶対にそうだ。とはいえ、彼が自分に対して冷たいのは事実なので、そこだけが涙が出そうなくらい悲しかった。

何より気になるのは、彼を癒すという役目を自分が十二分に果たしてないのではないかという恐れだった。いつか機会があったら、本人に訊いてみよう。もっとも、彼はいつも有紗に隙を見せないのだが。話しかける隙など、与えてくれないのだ。

ともあれ、今日もいつものように夕食は幸恵と二人で取った。幸恵は風呂に入った後、すぐに眠くなるらしく、早々に寝室に引き上げることにしたようだ。

「有紗ちゃんも早く寝たほうがいいわ。あんな放蕩《ほうとう》息子の帰りを待つ必要なんてないのよ」

「はい、ありがとうございます」

彼の帰りを待っていたところで、冷たくあしらわれるだけだ。それは今までの経験から判っていた。それどころか、起きて待っていたことに対して、彼が苛立《いらだ》ちを感じているような気がしてならない。

だとしたら、いっそのこと、眠ってしまったほうがいいのかもしれない。自分なら、遅く帰ってきても、誰か迎えてくれる人がいたほうが嬉しいのだが、彼は違うのだろう。

そんなわけで、有紗はバスルームに向かった。誠人の使う主寝室には、専用のバスルームがある。彼が帰ってきて、風呂に入りたいと思ったら、きっとそちらを使うだろう。それに、彼はまだ帰ってこないに決まっている。

有紗は身体と髪を洗って、ゆっくりと湯船に浸かった。帰りの遅い誠人をいつも待っていたから、夜中にさっとシャワーを浴びるだけの毎日だったが、元々、有紗はこんなふうにゆったりした気分で風呂に入るのが好きなのだ。

ここの浴槽《よくそう》はジャグジーバスだった。しかし、さすがに家政婦の自分がジャグジーを楽しむわけにはいかないので、一度もそのボタンを押したことはなかった。もちろん、とても興味はある。ジャグジーバスなんて、これから先、縁がなさそうだったからだ。

風呂から上がり、バスタオルを身体に巻きつけ、別のタオルで長い髪の水気を吸い取った。有紗は洗面台の大きな鏡を覗きながら、手櫛で髪を整えて、戸棚に置いてあるドライヤーを取ろうと手を伸ばす。そのとき、突然、脱衣所のドアが開いた。

はっとして、振り向くと、そこにいたのは誠人だった。

彼と目が合う。彼は大きく目を見開き、バスタオルを巻いただけの有紗の身体を見つめていた。

自分がどんな格好をしているのかに気づいて、一瞬パニックに陥る。それに、彼に挨拶もしなくてはならない。戸棚に伸ばしていた手を引っ込め、彼に向き直ったところで、運悪くバスタオルがひらりと床に落ちる。

あっと思ったときには遅かった。有紗は誠人の目の前で一糸まとわぬ姿を晒していた。

それはほんの数秒のことだったかもしれない。だが、有紗にはとてつもなく長い時間のように思われた。その間、有紗は凍りついたように動くことができず、彼の食い入るような視線を浴びていた。

「……悪かった」

彼は我に返ったようにそれだけ言うと、ドアを静かに閉めた。

有紗はそこに立ち尽くしたまま、呆然としていた。

見られた……。見られちゃった……！

ようやくバスタオルを拾って、身体を隠してみたが、すでに遅い。彼はじっと自分の身体に目を向けていたのだから。

有紗は耳まで赤くなった。心臓がドキドキする。

信じられない。裸を男の人に見せるときがあるなら、その相手はもちろん恋人だと思っていた。なのに、恋人どころか、ここ二週間ずっと無視されている相手に見られてしまうなんて……。

今まで有紗の裸を見たことがある男性は、物心ついてからだと、父親だけだ。それも、もちろん子供の頃の話だ。

ああ、それなのに！

有紗は手早く下着とパジャマを身につけると、ドライヤーで髪を乾かした。そして、そっと脱衣所のドアを開ける。

何も音が聞こえてこない。きっと彼は自分のバスルームへと行ったに違いない。ほっとしながら、冷たい水でも飲もうとキッチンに向かった。

ここのキッチンはダイニングの奥に隠れていて、脱衣所から裏の廊下で繋がっている。キッチンでグラスに水を入れ、ダイニングのほうで寛《くつろ》ごうとしたら、ダイニングと繋がっているリビングでビールを飲んでいる誠人の姿が目に入った。彼はまだ風呂にも入っていないようで、スーツの上着やベストを脱ぎ、ネクタイを外しただけの姿だった。

彼も有紗に気がつき、また目が合った。今さっきのことを思い出して、身体から火が出そうなくらい恥ずかしくなったが、このまま無視するわけにもいかない。自分はここで働いているのだ。しかも、恩返しをしにきたのに、いくら恥ずかしいからといって、気まずい関係になるわけにはいかなかった。

それに、彼はきっと女性の裸なんて、何度も見ているに違いない。彼のような容姿を持つ男に、今まで恋人が一人もいなかったなんて、あり得ないからだ。

勇気を振り絞って、有紗は彼に声をかけた。

「さっきは、すみません。わたし、ご挨拶《あいさつ》もせずに……」

誠人はクスッと笑った。

「あんな格好で挨拶されても、こちらも困るよ」

有紗は目を大きく見開いた。彼が自分に笑いかけたことは、今まで一度もない。笑うどころか、ほとんど話しかけもしなかったのだから。

いつも無愛想な彼の顔が、笑うとこんなに魅力的になるなんて知らなかった……。

いいや、知らなかったわけではない。幸恵に対してはこんな笑顔だった。ただ、自分に対しては向けられたことがなかったから、嬉しくて仕方がない。

有紗の頭はぽーっとなったが、すぐに気を取り直した。

「そ、そうですねっ。驚いてしまったものですから」

「気にしなくていいよ。それより、こっちに来たら？」

めずらしく優しい言葉をかけられて、有紗は水の入ったグラスを持って、ふらふらと彼の傍へと近寄ってしまった。

恥ずかしいものの、彼が優しくしてくれると嬉しい。やはり、無視されるのはつらいからだ。やっと彼も自分の努力を認めてくれたのかもしれない。

「そこに座るといい」

彼が座る大きなソファの少し離れた横に、有紗は腰を下ろした。

「何、飲んでるんだ？」

「お水です」

「ビールは飲まない？」

「いいえ……アルコールはあまり強くないんです」

誠人は何がおかしいのか、また笑った。彼の横顔を見ていた有紗はドキッとして、思わず下を向いた。

「いつもはおさげにしているから、女子高生のように見えていたけど、今みたいに髪を下ろしていると、意外と大人っぽいんだな」

「はい、二十歳ですから大人です」

なんとなく子供だと馬鹿にされたような気がして、有紗は胸を張って答えた。

「そうだな。大人だ」

誠人は奇妙な目つきでちらっと有紗に視線を走らせた。

「よかったら、何かおつまみをお持ちしましょうか?」

「いや、いいよ。これだけ飲んだら、おしまいにするから」

彼は缶を傾けて、グラスの残りのビールを注いだ。

「ビールを注ぐ音っていいですよね……」

「アルコールはあまり飲まないいんじゃなかったのか?」

「あまり強くないと言ったんです。でも、わたしが言ったのは、父が晩酌《ばんしゃく》でビールを注ぐときの音のことです。わたしもよく父に注いであげました。父はすごく嬉しそうな顔をしていました」

有紗は亡くなった父のことを思い出していた。真面目一徹の人間だった。だから、事業に失敗したとき、人間としても失敗したと思い、自殺しようとしたのだ。そして、それを止めて、助けてくれた七條氏に恩返しをするようにと、有紗に言い残した。

パパ……なかなか彼の心を癒すことはできないけど、頑張ります！

有紗は天国の父親に誓った。

「ご両親は娘が住み込みで仕事をすることに、反対しなかったかな？」

「判りません。母はわたしが子供の頃に……父は二ヵ月前に亡くなりましたから」

誠人の顔に横切る後悔を見て、有紗は慌てて言葉を続けた。

「でも、住み込みでもなんでも、わたしが元気に働いているなら、両親は天国からほっとして見ているはずです」

有紗はそう願っていた。

父が死んでから、しばらくの間は何もする気が起きなかった。落ち込むだけ落ち込んで、有紗はやっと父の遺言のようにやってみようと思い立ったのだ。あの遺言がなければ、有紗は七條家に乗り込むこともなく、彼とも出会わなかっただろう。

そう思って、有紗は彼がグラスに口をつけるところに視線を向けた。形のいい唇だった。

こんな唇にキスされたら、どんな感じになるのだろう。

ふと、そんなことを考えてしまい、有紗は頭に浮かんだ想像を慌てて打ち消した。

キスなんて、今まで一度もしたことがない。二十歳にもなるのに、男の人と付き合った経験もないのだ。

今まで誰かにぼんやりとした憧れを抱いたことはあっても、キスしてみたいと思うほど、好きになったことはなかった。父は優しかったが、男女交際については厳しかった。それに、母がいなくて家事をしていたこともあって、デートする機会を持てなかった。

とにかく、有紗は今までキスのことなど考えたこともなかった。誠人の顔を見て、どうしてそんなことを考えついたのか、自分でもよく判らない。

誠人がふとこちらに視線を向けたので、また目が合ってしまった。彼の眼差しは温かく、彼に見つめられていると、脈が速くなってくる。身体も妙に熱くなってきたような気がして、どうしたらいいのか判らなくなってきた。

「祖母が君を振り回していなければいいんだが」

彼は静かにそんなことを口にした。

「お祖母様はそんなことはなさいません。いつもお気遣いいただいていて、かえって恐縮しています。おやつの時間には、いつもわたしを誘ってくださるんですよ」

「おやつの時間?」

彼は揶揄《からか》うように微笑んだ。

「い、いえ……お茶の時間です。おやつもいただいてますけど」

有紗の中では、お茶よりお菓子が嬉しいので、ついおやつの時間などと口走ってしまったが、それではまるで子供のようだった。

彼にどう思われたのかと思うと、恥ずかしすぎる。ただでさえ、自分は子供っぽいのに、大人として見てもらえなくなりそうだった。

「あの……誠人さんはいつもお帰りが遅いですけど、お仕事はいつもそんなに忙しいんですか?」

「忙しいときもあれば、そうでないときもある。つまり、遅く帰るのは必ずしも仕事ではないという意味だ」

「あ……お酒を飲みにいったり……とかですか?」

有紗の頭の中に、高級クラブでドレスを着た女性と一緒に座る誠人の姿が浮かんだ。それは、有紗にとって、何故だかあまり楽しい光景ではなかった。彼が女性にとてもモテるだろうということは、すぐに判る。容姿に加えて、大企業のCEOともなれば、当然と言ってもいい。

それなのに、まるで胸の中に重いものが入れられたような気がして、なんとなく苦しい。

有紗は自分のその感情がなんなのか、よく判らなかった。

「そういうこともある。だが、僕は基本的に仕事が好きなんだ。そのせいで、いつも秘書を振り回している。残業が多いから、秘書はストレスを感じているかもしれない」

ということは、やはり仕事が主なのだろう。一口に仕事と言っても、接待や何かもが含まれるに違いないから。

「わたし、以前は、会社の重役の方って、いつも重役室でゴルフの素振りの練習ばかりしていると思っていました」

誠人は陽気な笑い声を上げた。有紗は彼がそんなふうに笑うのを初めて聞いたような気がした。

有紗は今までずっと無視されたり、冷ややかな態度を取られていたのに、急に彼が優しくなったことに戸惑いを覚えていた。けれども、彼もやっと有紗の存在に慣れてきて、心を開いてくれるようになったのだろう。

もちろん、大企業のＣＥＯが内気だとか、人見知りだとは思わないが。それでも、長く勤めていた家政婦が代わったことに、彼は違和感を覚えていたのかもしれない。そして、それもようやく慣れたのだと……。

それなら、彼の変化も頷ける。できることなら、有紗は彼がずっとこんなふうに接してくれたらいいと思った。もう冷たくされるのは嫌だ。

「僕はゴルフもするが、あまり好きじゃない。やっぱり仕事一筋だ」

それなら、ずいぶん疲れているだろうに、彼はまだ着替えてもいない。彼が脱衣所のドアを開けたのは、風呂に入るつもりだったからに違いない。彼が今日に限って、どうして自分のバスルームを使おうとしなかったのか、その理由は判らないが、彼はここの主人なのだ。どこのバスルームを使おうが、彼の勝手だ。

運悪く裸の自分と鉢合《はちあ》わせしたことで、彼もきっと決まりが悪かったのだろう。だから、二階の自室にこもるより、ここで自分と話しておきたかったのかもしれない。なんとも思ってないことを確認したくて。

つまり、彼が楽な服に着替えず、ここでビールを飲んでいるのは、有紗のせいなのだ。自分が呑気《のんき》にゆっくり浴槽《よくそう》に浸かっていなければ、鉢合わせすることもなかったのだから。

有紗は罪悪感を覚えた。毎日、たくさん仕事している彼に、悪いことをしたと思った。

何か自分にできることで、彼のためになることがあったら……。

「わたし、マッサージが得意なんです」

「……マッサージだって？」

誠人の声の調子が少し変わったような気がした。だが、有紗はそれを気に留めずに、話を続けた。

「よかったら、マッサージしますよ。少しでも、お役に立てるなら、なんでもします」

「ほう。なんでも……?」

有紗は立ち上がって、彼の後ろに回った。そして、彼の肩に両手をかける。触れてみて、初めて有紗は誠人の身体の感触が父のものとはずいぶん違っていることに気がついた。年齢も違うし、体格も違う。彼の身体にはしなやかな筋肉がついていた。それは、シャツ越しでもはっきりと感じられた。

有紗は馴れ馴れしく肩に触れたことを後悔したが、今更やめるわけにもいかない。それに、何より彼のために、なんでもしたかった。少しでも彼の心が癒せるのなら。

有紗は彼の疲れをほぐすように、懸命に心を込めて肩を揉んだ。

「疲れが溜まってらっしゃるみたいですね」

「溜まっているのは、疲れだけじゃないみたいだ……」

「ああ、乳酸とかですか?　リンパとか血の流れが滞っているのかもしれませんね。ずいぶん凝って、硬くなっているし」

「硬くなっているのも、肩だけじゃないようだが」

「そうですね。首とか背中まで！」

有紗は彼の首に触れてみて、ドキッとした。肩はシャツに覆われているが、首へのマッサージは直接肌に触れるしかない。

彼の肌はとても滑らかで、何故だかとても熱く感じられた。

「よかったら、腰もマッサージしますけど」

「腰？　いや、腰は……まずいだろう」

「ああ、もしかして腰を痛めていらっしゃるんですか？　それだったら、素人のマッサージはよくないですよね」

突然、誠人は吹き出した。そして、我慢しきれなくなったかのように、笑い続ける。有紗はぽかんとして、笑い続ける彼を見つめていた。

「どうかなさったんですか？　わたし、おかしいことを言ったわけじゃないのに」

「いや、充分におかしいことを言ったよ」

彼は振り向くと、きらきらとした瞳を向けてきた。彼の目がこんなにきらめいているのなら、きっと何か彼にはおかしいことのように聞こえたのだろう。

「こっちにおいで」

誠人はソファの自分の隣を叩いた。有紗は彼の言動の意味がよく判らなかったが、首をかしげながら言われたとおりにした。

「あのー……気持ちよくなかったですか？」

彼に近くでじっと見つめられて、心臓がドキドキしてくる。自分が座ったところは、彼に近すぎたかもしれない。彼は雇い主で、自分はただの家政婦だ。座りなおそうとしたところで、手を伸ばされて、肩を抱かれた。

「わ、わたし……」

「しっ」

誠人は有紗の唇に人差し指を立てた。目はじっと有紗の瞳を見つめている。

「ただのお礼だよ」

彼の顔が近づいてくる。有紗は思わず目を閉じた。何故そうしたのかは判らない。本能的なものだったのかもしれない。

唇に柔らかいものが押しつけられた。それが誠人の唇だということに気づくのに、そんなに時間はかからなかった。

キス……。

誠人さんがわたしに……？

有紗の頭は混乱していた。けれども、そのキスはとても優しくて、有紗の胸の動悸《どうき》はま

すます激しくなるばかりだった。

唇が離れる。

目を開けると、彼の顔があまりにも近くにあった。彼は『ただのお礼だ』と言った。彼にとって、キスはその程度のものなのだろう。

けれども、もちろん、今のは有紗にとって初めてのキスだった。

身体がかっと熱くなる。どうしていいか判らず、有紗は突然、立ち上がった。

「し……失礼します！」

顔が真っ赤になっているに違いない。彼にしてみれば、戯《たわむ》れのキスだ。いくら経験がなくても、それくらい判る。

しかし、有紗はキスをそんなふうには考えていなかった。キスは好きな人とするものだ。わたしは……誠人さんが好き。でも、彼のほうは違うに決まっている。

彼とキスすることを少し前に考えていた。その気持ちを、見透かされていたのかもしれない。そう思うと、恥ずかしくて仕方がなくて……。

有紗は彼に頭を下げると、慌ててその場を立ち去り、自分の部屋へと逃げ込んでしまった。

翌日、誠人はめずらしく早く帰宅した。

昨日やりかけたことの続きをしたくてたまらなかったからだ。あんな中途半端なキスだけでは、とても満足できない。

有紗は最初に顔を合わせたときから、気になって仕方がない存在だった。しかし、幸恵の企《たくら》みを阻止《そし》する意味もあって、冷たい態度を取っていた。それでも、ずっと彼女を目で追っていたし、同じ家で暮らしながら触れられないのは拷問《ごうもん》のようだった。

彼女の裸を見たとき……。

自分の中の何かが変わった。あれほどまでに情熱的なときめきを感じたのは、生まれて初めてだったかもしれない。

あの一糸まとわぬ姿をもう一度見たい。抱き締めたい。それが許されないなら、せめてキスをしたい。ちゃんとしたキスを。

昨夜は彼女のせいで悶々としながら眠りにつくことになった。仕事中はさすがに彼女のことを考えたりしなかったが、それでもいつもなら帰宅時間を引き延ばすところを、今日はさっさと帰ることにした。車を表玄関に回せと命令されたときの秘書は、とても驚いていたが、嬉しそうだった。毎日、遅くまで付き合わされるのが嫌だったのだろう。

誠人は玄関のチャイムを鳴らした。

「お帰りなさい、誠人さん」

有紗はドアを開けて、いつものように挨拶をしてくれた。目が合うと、彼女は頬を赤くする。これでは、彼女と何かあったのか、すぐに幸恵にばれてしまう。誠人は視線を逸らし、冷たい態度を取った。

我ながらひどいと思うが、二人きりでない限りは優しくできないのだ。幸恵に無用な期待を抱かせたくない。

「腹が減った。夕食をすぐに頼む」

持っていたブリーフケースを彼女に渡しながら、突き放すように言った。

「はい……。ただいまご用意致します」

顔を見なくても、声で落ち込んでいるのが判る。罪悪感が胸をちくりと刺したが、誠人はそれをすぐに頭の中から追い出した。

彼女はブリーフケースを胸に抱いて、それを置くために書斎《しょさい》へと向かう。相変わらず短いスカートだ。彼女は脚が長すぎる。どうして、あんなにすらりとした脚でいられるのだろう。あの膨らんだスカートの中身はどうなっているのか、知りたくて仕方がない。

リビングのドアを開け、幸恵に挨拶をしてから、二階の自室へと階段を上っていく。書斎から出てきた有紗がばたばたとスリッパの音を響かせながら、キッチンのほうへと向かうのをちらりと見た。

昨夜、脱衣所で有紗を見るまで、彼女のことは子供のように思っていた。自分には若すぎる。いくら可愛くて、気になる存在であっても、子供に手を出すほど女に不自由はしていないと。

つまり、あの瞬間まで、確かに自分は理性を保っていたのだ。

昨夜は子供なんかではなかった。二階に上がる前に、先に歯を磨いておこうと思い、脱衣所のドアを開けたら、そこに女神のような姿をした有紗がいたのだ。

濡れた黒髪が美しい背中を覆っていた。長くすんなりした手脚にも驚いた。バスタオルだけの格好はあまりに無防備で、思わず凝視《ぎょうし》してしまった。

そして……。

バスタオルが外れたとき、彼女は正面からその姿を惜《お》しげもなく見せてくれた。

小柄だけれども、完璧なプロポーション。胸はつんと上を向き、ウエストは両手で掴めそうなくらい細くて、腰は引き締まっていた。あれを見たら、誰も彼女を子供のようだと思うはずがない。

誠人はあのときの彼女の裸身を思い出し、ごくんと喉を鳴らした。それから、そんな自分に苦笑いをする。

なんて単純なのだろう。裸を見せつけられたくらいで、彼女のことばかり考えてしまうようになったなんて……。まるで中学生か高校生だ。

しかし、誘惑してきたのは、向こうのほうだ。脱衣所で鉢合わせしたのは偶然だとしても、あんなにタイミングよくバスタオルを落とすなんて、誘惑でなければなんなのだろう。

彼女はすぐに赤くなる。だが、それは単に赤くなりやすい体質なだけだと思う。自分の裸を男に見せつけるくらいだから、もちろんバージンのわけはない。つまり、本当に恥ずかしがっているわけではないのだ。

あれは演技だ。だから、騙《だま》されてはいけない。

ただ……あんなに誘惑してくるのだから、少しくらいそれに乗ってやっても構わないだろう。

彼女は可愛い。それに、あの裸をもう一度見てみたい。できれば、触れてみたい。しかし、押し倒してはいけない。ベッドに連れていくわけにはいかないのだ。

今まで幸恵が家に連れてきた花嫁候補と同様に、最終的にははねつけなくてはいけない。けれども、少しくらい楽しんだっていいだろう。それくらいの権利はある。どうせ彼女は金目当てなのだ。

頭の隅に昔の思い出が甦る。

最初は母。それから、昔の恋人。二人とも金があればいいという女だった。金というより、財産があることによる安楽な暮らしを求めている。金があれば、安楽なだけではなく、豪遊ができるのだ。

世の中の女がみんな金目当てとは限らない。それは判っている。だが、自分が何者か知って寄ってきて、恥知らずにも誘惑してくるような女は、絶対に金目当てだ。

もっとも、有紗と話しているときは、そんなふうに感じなかったが……。あの大きな瞳で見上げられると、自分の心の中の弱い部分が揺さぶられるような気がした。なんだか判らない温かいものが胸に込み上げてきて、彼女を抱き締めたくなってくる。

いや、あれもきっと計略の一部に過ぎない。彼女は無邪気な女だということを、演出していただけだ。マッサージなどと言いながら、身体に触れてきたのがいい証拠だ。

昨夜は欲望に負けて、危うく押し倒しそうになったが、今日は大丈夫だ。

とりあえず……二人きりになったら……。

やはり、キスはしたい。絶対に。それから……。

誠人は自分がティーンエイジャーのように、あれこれ妄想を膨らませていることに気づき、苦笑した。

夕食後、幸恵は早々と寝室に引っ込んだ。有紗は後片付けをして、一息つくために、自分のためにコーヒーを淹れた。

それをダイニングテーブルで飲もうと、椅子を引いた。すると、誠人がガウン姿で二階から下りてきて、リビングへと入ってきた。彼は有紗に気がついて、ダイニングのほうへやってきた。

「コーヒーか……」

誠人は風呂に入るか、シャワーを浴びたのだろう。すっきりしていて、清潔なボディーシャンプーの香りがした。それだけで、有紗は胸がドキドキするのを感じた。

そもそも、彼が傍にいるだけで、自分はすぐにそうなってしまうのだ。優しくされたいと願いながらも、近くにいたり、目が合うだけですぐに動揺する。男の人にこんな反応をするのは初めてだった。

「よかったら、誠人さんの分も淹れましょうか?」

精一杯、有紗は平静を装って、微笑みかけた。

「コーヒーよりブランデーがいいな。リビングのほうで一緒に飲もう」

彼はさっきまでの冷たい態度とは違い、昨夜のような感じに戻っていた。ほっとしながら、ブランデーとグラスを用意する。そして、コーヒーカップを持って、リビングへと移動した。そして、昨日、座っていたソファに腰を下ろす。

今朝や帰宅してからは、彼は何故だかよそよそしい態度を取っていた。有紗は彼とキスしたことが恥ずかしくて、なるべく視線を避けていたものの、それでもまたもや彼から素っ気ない態度を取られると、悲しくて仕方がなかった。

雇い主と家政婦では、立場が違う。しかも、彼は大企業のCEOで、こんな大きなお屋敷の主人なのだ。家族さえ持たない有紗とは、身分が違うと言っても過言ではない。

有紗にとっては、最初会ったときから、彼は王子様のような存在だった。憧れてはいても、手が届かない。しかし、彼と親密に話をして、キスまでした。ほんの少し近づけたと思ったのに、やはり遠い人なのだ。

年齢だって、ずいぶん違う。彼にとっては、キスなんてただの遊びのようなものだ。というより、ただ、揶揄っただけだろう。

だから、勘違いしちゃダメ。

有紗はそう思いながらも、ブランデーを口にする彼を横からそっと見つめた。やはり、彼の唇が気になる。洗ったばかりの前髪が額にかかっているところが、いつもきちんとしている彼とは違って、とても新鮮で素敵だ。

有紗は憧れを抱いて、彼の横顔をちらちらと見る。目を離さなくてはならないと思うのに、どうしても見てしまう。彼に気づかれたら、きっと恥ずかしいことになるのに。

有紗はコーヒーに視線を落とした。

そうだ。叶いもしない夢を見てはいけない。それより、現実を見よう。自分にとって、彼は父の恩人の孫だ。誠意を持って、恩返しをしなくてはならない。そのため、自分はここに来たのだから。

「君は不思議に思っただろうね」

「え……？」

意味が判らず、有紗は顔を上げた。誠人がこちらを見ていて、目が合う。それだけで、有紗は身体が燃えるように熱くなった。

彼の視線に晒されるだけで、どうしてこんなおかしな気分になるのだろう。自分でもよく判らなかった。

「僕がよそよそしくしていたことだ。実は、祖母のいる前では、あまり馴れ馴れしくしたくないんだ。その……祖母に勘違いされると困るからね。僕にはそんな気はないんだから」

「ああ……はい」

勘違いとはなんだろう。よく判らなかったが、有紗は問い返すようなことはしなかった。ただ、幸恵の前では、彼はずっとよそよそしく振る舞うと決めているのだろう。

「でも、二人だけのときは違う。君とは仲良くやっていきたいと思っている」

誠人は有紗の手を握ってきた。

キスの経験は誠人にされるまでなかったが、男性から手を握られた経験はあった。だが、こんなふうに嬉しかったことは今までになかった。

彼の手が自分に触れている。そう思うだけで、心が浮き立った。

馬鹿みたいだと思いながらも、有紗は自分の気持ちが止められなかった。一目惚れで始まった気持ちは、彼に振り向いてもらえて、再び燃え上がっていた。

今まで恋なんてしたことがないから、有紗は自分の今の状態がよく判らなかった。けれども、こんなふうに自分の気分が上がったり下がったり、ものすごい変化をするのは初めての経験だった。

「祖母から聞いたが、君はここに来るまで家政婦の経験はなかったようだね」

「はい……。父が重大な病気と判ったときは大学生でした。経済的なことで大学を中退して、それから親戚のお店でバイトみたいなものはしていましたが、父との残された時間が少ないことを知っていたから、できるだけ傍にいたかったんです」

あのときのことを思い出すと、涙が出てきそうになって、目をしばたたいた。

親戚の店でのバイトを、父は嫌っていた。悪い仕事では決してなかったが、それでも偏《へん》見《けん》を持つ人はいる。父の場合は偏見ではなく、有紗を心配する気持ちから嫌っていたのだ。だから、有紗はバイトのことを父に隠さなくてはならなかった。

本当は嘘をつきたくなかったのに。でも、父を悲しませたくなかった。

今だって、どんなバイトをしていたのか、誠人には言えない。彼に嫌われたくないからだ。彼が偏見を持っていないとは限らない。せっかく笑顔を見せてくれるようなったのに、また素っ気ない態度を取られるのは嫌だった。

「お父さんのことが好きだったんだね？」

「はい……。父は素晴らしい人でした。もちろん欠点はありましたけど、誰より優しくて、格好よくて、わたしの理想の男性です」

それを聞いた誠人は、何故だか溜息をつき、グラスに残っていたブランデーを飲み干した。そして、有紗の手を放すと、新たにブランデーを注いだ。

「あの……何かお気に障《さわ》りましたか？」

彼はなんだか怒っているように見えた。

「いや、そうじゃない。こう言ってはなんだが、君のことが羨《うらや》ましいと思ってしまったんだ」

「羨ましいですか?」

そんなふうに言われたことは一度もなくて、彼女は聞き返した。

「ああ、そうだ。僕の両親は仲が悪くて、冷たい関係だった。二人とも、僕に対しても冷淡だったんだ。理想どころじゃない。その逆だな。優しいところなんて見せてくれたこともない」

彼はそんな育ち方をしたようには見えなかった。何故なら、彼は幸恵にはとても優しく接していたからだ。両親のことはともかくとして、彼が自分の祖母を心から愛しているのは間違いない。

「誠人さんはお祖母様に育てられたんですね?」

彼は驚いたように、有紗を見た。

「よく判ったな……。そうだ。祖母は育ての母みたいなものだ。祖母がいたから、あんな両親でも耐えられた。結局、両親は数年前に事故で亡くなったが、別に僕は悲しくなかった。悲しいわけがない。ずっといないも同然の人達だったからだ」

有紗はただ頷いて、何も言わなかった。羨ましいと口走ったということは、彼は両親に愛されることを望んでいたのだろう。そんな彼の心の傷に対して、迂闊《うかつ》な慰めを口にはしてはいけないと有紗は思った。

誠人はまたブランデーに口をつけた。

「……不思議だな。こんなことを君に話すつもりじゃなかったのに」

「皆さん、そうおっしゃいます」

「皆さんって？」

「あ……えっと……友達とか親戚の人とか……」

「恋人とか？」

彼が急に熱い眼差しを送ってきたことに気づいて、有紗は動揺した。

「いえ、恋人なんていません！」

「いない？　君はそんなに可愛いのに……いないとは思えないな」

誠人は有紗の手を再び握り、親指で手の甲を撫《な》でた。有紗はその感触にドキッとする。

手を指で撫でられただけで、何故だかなんとも言えない変な気持ちになってきた。

「わたし……可愛いなんて……」

「可愛いって、よく言われるだろう？」

「言われることもありますが、大抵はお世辞です」

「お父さんにだって、言われていたはずだ」

有紗は父が何度もそう言ってくれたことを思い出して、微笑んだ。

「パパ……いえ、父はわたしのことを絶世の美女だって言ったこともあるんですよ。可愛いどころじゃありません」

大げさに褒めてくれた父がいてくれたおかげで、有紗は自分が誰かにとって大切な人間なのだと思うことができた。少なくとも、父からは愛されている。それは間違いなかったからだ。

「絶世の美女か……。お父さんもずいぶん大きく出たな」

誠人は笑いながら、有紗の頰に触れた。たちまち自分の頰が真っ赤になったのが判った。

「君はよく赤くなるんだな」

「赤くなるのは、恥ずかしいときだけです」

「昨夜も……赤くなったね」

彼は有紗の頰を撫で、それから親指で下唇に触れた。途端に、有紗は昨夜のキスのことを思い出した。

「君は本当に可愛いよ……」

彼が顔を傾け、キスをしようとしている。

ダメ……。彼にとっては、ただの遊びのようなものなのよ。

しかし、どうしても避けることができなかった。胸がドキドキしてきて、キスしてもらいたくて、たまらなくなっていたからだ。

唇が触れる。触れただけでなく、彼は有紗の唇を舐めた。

そんな……！

有紗は動揺した。舌を入れられているわけではなく、たかが舐められているだけかもしれないが、こんなキスをただの遊びでしていいものだろうか。

いや、よくないに決まっている。

有紗は誠人を押しやろうとした。だが、逆に、肩に手を回されて、ぐいと抱き寄せられる。

頬が燃えるように熱い。彼の舌と唇は、有紗を誘うように動いている。恥ずかしくて、ついでに気が遠くなりそうだった。

胸の膨らみを手で包まれて、ドキッとする。それから、太腿を撫でられ、彼の手の熱さを肌に感じて、ぞくぞくするような変な気持ちがした。

ああ……ダメ。

有紗はなけなしの理性を総動員して、さっと身を引き、立ち上がった。

本当はもっとキスをされたい。身体に触れられると、気持ちよくなってくる。だが、彼はきっと戯れのつもりなのだ。自分は遊びでこんなことはできない。

「有紗……そんなに恥ずかしがらなくていいんだ。こっちへおいで」

彼に下の名前を呼び捨てされて、それだけで気持ちが引き寄せられる。けれども、やはりキスはもうよくない。

彼が手を伸ばして、有紗を引き寄せようとした。だから、有紗はそれをよけて、この場から逃れようとした。が、慌てていたので、テーブルに躓《つまず》いて転んでしまった。

また、やっちゃった……。

有紗はよく足元がおろそかになることがあった。起き上がろうとしたところで、後ろから腰を抱かれて、驚いた。

誠人がすぐ後ろで絨毯《じゅうたん》に膝をついている。

「放してください！」

「静かに。祖母が起きてきてしまう」

「だって……わたし、こんなこと……」

後ろからいきなりスカートをまくり上げられ、有紗は絶句した。

「君のスカートの中身、どうなっているのか気になって仕方がなかったが、こうなっていたのか」

スカートをふんわりさせるために、下にはパニエを穿いている。パニエは硬い生地で、これがあるからスカートが持ち上げられるのだ。そして、その下には可愛い短めのドロワーズを穿いている。短くて、ふんわりしているスカートを穿いているのだから、ドロワーズを身につけていないと、掃除をしているときなど下着が見えてしまうからだ。

「誠人さん……！」

「ここも可愛いんだな」

誠人はドロワーズの上からお尻を撫でた。これではセクハラだ。だが、もしかしたら彼は酔っているのかもしれない。

そういえば、彼は夕食のときにワインを何杯も飲んでいた。そして、今のブランデーで、本格的に酔ってしまったということも考えられる。そうでなければ、こんな不埒《ふらち》な真似はしないと思うのだ。

彼の手がするりと有紗の脚の間に入ってきた。有紗は息が止まりそうなくらい驚いて、身動きもできなくなってしまった。

だって……。

わたしの大事なところに彼の手が……。

全身が熱くなってくる。そんなところを男性に触らせてはいけないのに。父にはいつも言われていた。結婚するまで男とベッドに入ってはいけないと。

でも……ここはベッドじゃないわ。

そんなことを考える自分が怖かった。それに、彼は別に真剣な気持ちなどないのだ。ただ酔っているだけ。ただ戯れているだけ。彼のようにお金持ちで、人生経験もある人が、自分のような小娘に対して真剣になるはずがないのだ。

たとえ、彼がいい人でも、こんな真似を許していてはいけない。

そう思うのに、彼の手から逃れたいと思っていない自分もいた。抵抗しなければ、彼に誤解を与えることになるのは判っている。だから、理性では逃げるべきだと思うのだ。

それでも……。

身体が熱くてたまらない。特に、彼の手に触れられている部分が熱くて、溶けてきそうだった。

ダメ……ダメだったら。

だが、そんなことを考えているうちに、彼の手がゆっくりとそこを擦《こす》るように動き始めた。

「あ……やめて……」

囁くような声で言っても、拒絶には聞こえないに違いない。判っているのに、有紗の身体は彼の手の動きにしっかりと反応していて、言葉とは裏腹に続きをしてもらいたくてたまらなかった。

キスも初めてだった。そして、もちろんこんな行為も初めてだ。

彼の指が軽く引っかくような仕草をする。その刺激が二枚の布越しに伝わり、有紗は思わず腰を揺らした。

「やめてほしいなんて……嘘だろう?」

「違う……。ダメ……。ダメよ、こんなこと」

頭で判っているのに、身体が言うことを聞かない。有紗は今までこんな状態に陥ったことはなかった。彼に腰を抱くようにして押さえられているとはいえ、片方の手だけだ。本気で逃れようと思えば、できないことはない。それなのに、自分は抵抗していない。

彼には確かに憧れている。好きだと思う。けれども、彼のほうには、そんな気持ちがあるとも思えない。

ああ、でも……。

指で大事な部分を何度も擦られていると、たまらない気分になってくる。いっそ、直接、触れてほしい。彼の指を直接感じたかった。

「生地が湿っているよ。この中は……どうなっているんだろう」

彼はふと、太腿に触れてきた。

「あ……」

太腿の内側を撫でられて、身震いをした。嫌悪感ではなく、性的な欲求が突き上げてくるのに、有紗も気づかないわけにはいかなかった。

ドロワーズの裾から、彼の指が侵入してきた。そして、下着に触れる。

「思ったとおり、ずいぶん濡れているよ」

「や……めて……」

「やめてほしくないくせに」

否定したくても、否定しきれない。それは事実だったからだ。

彼の指が下着の裾から潜り込んでくる。それが判っていながら、阻止できなかった。いや、自分でそれを望んでいたのかもしれない。

自分の一番大切なところが、彼に直接触れられている。そう思うだけで、身体がガクガクと震えてくる。

「わたし……わたし……」

どうしたらいいの？

こんなこと、今すぐやめなくてはいけないのに。

彼の指が柔らかいタッチで秘裂に触れてきた。中からとろりと蜜《みつ》が溢れてくるのが、自分でも判った。彼の指はその内部に浅く入ってくる。

「君がこんなに敏感だとは思わなかったな」

彼は花弁に沿って指を動かし、敏感な花芯《かしん》にそっと触れてきた。途端に、有紗の身体がビクンと大きく揺れた。

「やぁっ……」

「気持ちよさそうだけどね」

その部分を指でしっかり捕らえて、振動を送る。同時に他の指がするりと秘裂の浅いところへと入ってきた。

「あっ……あっ……」

自分の身体が彼の意のままにされている。そんなふうに頭の隅で感じていたが、ちゃんとした考えとしてまとまらなかった。有紗はただ自分の身に起きたことについて戸惑い、そして、初めて知る快感に翻弄《ほんろう》されていた。

自分でも、こんなふうに触れたことはない。身体を洗うときしか触れたことがないのだ。

彼の指は魔法の指だった。彼に触れられただけで、こんなふうになってしまう。

有紗は怖かった。自分の身体が自分でコントロールできない。こんな状況は初めてだっ

た。けれども、もうやめてほしいとは言えなかった。快感が有紗の気持ちまでも変えていく。彼にもっと触れてほしい。今やめられたら、どうにかなってしまいそうだった。

彼の指がもっと深いところへ侵入してくる。自分の内部が他人に侵されている。その他人というのは、誠人本人で……。

誠人の横顔や唇の柔らかさを思い出した。

その途端、激しい快感が全身を貫いていった。

これは……何？

有紗は身体を震わせた。一瞬の緊張の後、身体が弛緩《しかん》する。だが、有紗の身体はまだ正常には戻っていなかった。

彼の手が下着やドロワーズから出ていった。ほっとしたのも束の間、ドロワーズが引きずり下ろされそうになっていた。

有紗ははっと気がつき、彼の手から逃れた。もっと早くこうするべきだったのだ。まだ力が入らない脚でなんとか立ち上がる。

誠人の目は鋭く、震えている有紗を見据えた。

「逃げる必要なんてないだろう？　君だって楽しんだんだ」

ぶっきらぼうに言われて、有紗は自分が恥ずべきことをしたと思った。身体の反応に引きずられて、とんでもないことを許してしまった。

「わ、わたし……こんなことはもう……」

「気持ちよかったんだろう？　ベッドに行こう。もっといいことをしてあげるから」

有紗は青ざめて、言葉も出なくなっていた。世の中には結婚前にベッドに行く男女は、いくらでもいるだろう。それは判っている。けれども、有紗にはできなかった。

「いいえ……。できません！」

きっぱり断ったことで、誠人はその眼差しに怒りを滲《にじ》ませた。

「君のサービスなんて、この程度か！」

サービス……？

不意に、彼の言葉の意味に気づいて、有紗は顔を強張らせた。

彼はこれをサービスだと思っていたのだ。自分は知らなかったが、メイドはこういう性的なサービスをするのが当たり前なのだろうか。とても信じられないが、幸恵はそのつもりで、この服を着て、誠人の気持ちを和ませてほしいと言ったのか。

嘘よ……。そんなはずないわ。

有紗は後ずさりをすると、その場に誠人を残して逃げ出した。

信じられない。誠人にとってはきっと軽い戯れだとは思っていたが、それ以下でしかなかったなんて。

わたしはそんなサービスなんて、絶対にしないわ！

自分の部屋に戻り、ベッドに置いてあった猫のぬいぐるみを抱き締めた。涙が頬に零《こぼ》れ落ちる。悲しくて仕方がない。

彼のことが好きになっていたのに……！

気持ちを打ち砕《くだ》かれて、有紗はベッドに泣き伏した。

第二章　はじめてを捧げて

翌朝になり、誠人《まこと》は朝食の席で自分の大失敗を思い出していた。

有紗《ありさ》の態度はぎこちない。誠人に話しかけても、目を見ない。おどおどとしている。そういう態度は腹が立つが、全部、自分の責任なのだから仕方がなかった。

昨夜、あんなことまでするつもりはなかった。本当だ。ただ、キスを楽しむくらいならいいと思っていた。もちろん、彼女がそれに乗ってくれれば、もう少し先に進んでもいいいと思っていたが。

だが、キスもろくにしなかった。したことといえば、彼女一人を楽しませたことくらいだ。それのどこが悪いと開き直りたいが、彼女の顔が真っ青になったところを見てしまったせいで、罪悪感に悩まされている。

ブランデーを飲んだが、それほど酔っていたとは言いがたい。少なくとも、あの程度の酔い方なら、通常であれば理性は働いていたはずだ。そう、通常ならばの話だ。自分は有紗の短いスカートがまくれていたのを見た途端、あまりにも簡単に理性を失っていた。

しかし、あれは彼女が悪いのだ。躓《つまず》いたふりをして、あの小さなお尻をこちらに向かって突き出してきた。あれ以上の誘惑はないだろう。誘惑されたのだから、つい触りたくなったところで、自分に非はないに決まっている。

それに、本当に嫌だったなら、彼女は逃げるべきだった。だが、最後のほうまで、彼女は腕の中で身体を震わせるだけで、逃げようとはしなかった。

とはいえ、彼女はとても敏感だったから、快感に翻弄《ほんろう》されて、それどころではなかったかもしれないが。

いや、それこそ、彼女がこちらに気があるという証拠だ。あんなに感じて、濡れていたのだ。たとえ、あのまま抱いたにしても、レイプなんかではない。彼女は完全にその気だった。それだけは断言できる。

けれども、それなら、彼女が逃げ出したのは何故なのだろう。あれだけ感じていたのなら、彼女だって、最後まで行き着きたいはずだ。

ひょっとして、彼女はバージンだとか……？

確かに彼女は若いが、そんなはずはない。偶然を装って、裸を見せたり、お尻を突き出したりする女だ。男の経験がなくて、あんな真似をする女は絶対にいない。

じゃあ、何故……？

有紗と目が合う。その頬が赤く染まり、ぱっと目が背けられる。やはり、そういう態度には腹が立つ。彼女は焦らしているだけなのだろうか。その指輪にエンゲージリングがはめられるまで。

冗談じゃない。僕は結婚なんてしない。まして、こんな青臭い小娘の身体が欲しいばかりに、永遠に縛りつけられる約束をするはずがなかった。

でも、彼女は可愛い。少し浮世離れしたことも口にするが、それもなんとなく愛らしい。頬を染めるさまもいい。あののびやかな手脚にもっと触れたい。柔らかい肌にキスをして、それから……。

有紗をじろじろと見つめていることに気がつき、誠人は自分の食事に目を落とした。自分は朝から何を考えているのだろう。これから仕事に出かけるというのに。

コホンと幸恵《ゆきえ》が咳払いをした。

「ねえ、誠人。急な話だけど、私は今日から旅行に行くことにしたわ」

「旅行？　一体、どうして……」

「昨夜、寝室でお友達と長電話していたのよ。話しているうちに、なんだか急に温泉に行きたくなっちゃって、二人で行こうって決めたの」

誠人は眉をひそめて、嬉しそうに話す幸恵を見つめた。祖母は計画というものをあまり立てない。その場の思いつきで突進するタイプだが、いきなり今日、旅行に行くとは、ずいぶん急すぎる話だ。

ひょっとしたら、有紗と二人きりにするためでは……？

幸恵の策略はお見通しだ。それなら、金輪際《こんりんざい》、彼女に手を触れるのはやめにしよう。そうしないと、有紗に手を出したことが知れたら、すぐにでも結婚させられてしまうかもしれない。

もっとも、現代では、妊娠さえさせなければ、そんな羽目に陥ることはないだろう。とはいえ、気をつけるに越したことはない。有紗が幸恵とどれだけ通じているのか知らないが、どんなに誘惑されようが、絶対に結婚なんてしない。

今更、財産目当ての女なんかには引っかかったりしない。

誠人は自分自身に固く誓った。

もう夜中になっている。

有紗は何度、溜息をついたことだろう。誠人はまだ帰ってこない。幸恵は昼過ぎに家を出て、旅行に行ってしまった。この広い屋敷に、有紗は独りぼっちでいる。

有紗は心細くなって、リビングにある大きなテレビをつけた。笑い声が聞こえてきて、ほっとする。父が入院していたときから、一人には慣れていたはずだった。だが、それは狭いアパートでのことだ。こんな広いところで一人きりでいるのは耐えられない。

それに、有紗はここで誰かと暮らすことに慣れてしまっていた。誠人とはそれほど顔を合わせていたわけではない。彼は帰宅がいつも遅かったし、有紗を無視することも多かった。けれども、昼間は幸恵が一緒にいたし、夜も寝室で眠っていることは知っていた。この屋敷の中のどこかに誰かがいるという状態と、本当に一人きりでいることとは違う。

誠人さんが早く帰ってきてくれればいいのに……。

そう思ってしまい、有紗は顔をしかめた。

昨夜のことを思い出すと、彼と二人きりで顔を合わせるのはよくないと思う。彼はエッチなことをしてきて、しかも、その直後にひどい言葉を投げつけた。

酔っていたのかもしれないが、本当にひどかった。性的なサービスが、家政婦の仕事に含まれるわけがないのだ。一晩考えて、有紗はやっとその結論に達した。つまり、誠人は単に酔っていたため、あんな暴言を吐いたのだろう。

男性の欲望について、有紗はよく知らなかった。何しろデートしたこともないのだ。判るわけがない。けれども、ちゃんと抵抗しなかった自分も悪い。あんなことをさせてしまったのだから、続きがあると彼が期待しても、おかしくないだろう。

最初に誠人の顔を見たときから、有紗は彼に憧れを抱いていた。だからといって、彼の意のままになるわけにはいかない。父の言いつけどおり、やはり結婚するまで男性とベッドに入ってはいけない。もちろん、ベッドでなくても、エッチなことを許してはいけないのだ。

彼がどんなに素敵に見えたとしても……。彼に触れられただけで、鼓動が速くなって、何がなんだか判らなくなるにしても。

そうよ。わたしは彼の心を癒すために、ここに来たのに。決して性的なサービスをして、一時的な快楽を提供するためではない。そんなことなら、彼はいくらだって外でできるだろう。

だが、その代わり、この屋敷で彼の暮らしをサポートし、その結果、心を安らかにしてあげられる。自分が目指しているのは、そういうことなのだ。それだけを忘れずに、家政婦として職務を全うしよう。

そう決心したのも束の間、有紗はテレビから流れてくる笑い声がなんだか虚《むな》しく響くことに気がついてしまった。

自分がこうしてここにいるのは、父との約束があるからだ。約束を果たすことは義務だと思って、ここへやってきたはずだが、本当はそれだけではない。長い間、父の看病をしていた有紗は、一人きりになって目標を失い、淋《さみ》しかったからだ。

大学を中退してから、父の看病の傍ら、親戚の店でバイトをした。しかし、自分にとって、それは職業と呼べるほどのものではなかったのだ。世間的にどうだというわけではなく、真剣にその仕事を極めようと思ったことはないという意味だ。

だから、この家政婦の仕事をやり終えたと感じたなら、以前とは別の仕事を始めなくてはならない。けれども、自分に何ができるのだろう。今の自分には父との約束を果たすという目標がある。しかし、それをクリアしてしまったら、たちまち目標を失ってしまう。

有紗は孤独だった。

「パパ……」

涙が溢れてくる。ここへ来てから、忙しくて、父を思い出して泣く暇もなかった。だが、今は一人きりだから……。

有紗はソファで膝を抱えて、うつむいた。テレビの音は聞こえていたが、それだけでは淋しすぎる。テレビは話しかけても答えてくれないからだ。ただ、眺めるだけしかできない。一方通行でしかない。

「有紗……」

突然、後ろから名前を呼ばれて、有紗は驚いて振り向いた。そこには、帰ってきたばかりの誠人の姿があった。

有紗は慌てて手の甲で涙を拭《ふ》いて、立ち上がった。が、泣いていたのは、しっかり見られてしまったようだった。彼の眼差しが憐れむようなものに変化したからだ。

「お帰りなさい、誠人さん。あの……どうしたんですか？　ご自分で鍵を開けて入ってくることなんか、あまりないのに」

リビングの明かりはついているから、屋敷の外からでも、有紗が起きていることは判ったはずだ。

「いや……なんとなく。時間が時間だったからかな」

誠人は有紗の傍に近づいてきた。

「もしかして、一人では淋しかった……？」

やはり泣いていたのは判るのだろう。涙を拭いても、目がまだ潤んでいるだろうし、いつもの顔とは違うはずだ。

「いいえ……」

有紗は無理して微笑んだ。淋しくて泣いていたのだと認めたくない。そんなことを告げても、彼の心を癒すことにはならないからだ。

「そうかな？　まだ涙が残っているよ」

彼の指が頬に触れて、有紗はビクッとした。昨夜のことを思い出したからだ。けれども、自分を見下ろす彼の瞳は昨日と違い、とても優しげだった。

優しくされると、心が溶けてきてしまう。有紗は彼がいつも幸恵に向ける優しい眼差しがとても好きだった。だから、こういう目つきには弱いのだ。心が弱くなってきて、無防備になってしまう。

彼に触れさせてはいけないのに……。

こんなに近くにいてもいけないのだ。でなければ、また昨夜のように身体がコントロールできなくなってしまう。彼がその気になれば、すぐにベッドに連れ込めるような女になってしまうのだ。

「あの……こんな時間ですけど、何かお召し上がりになりますか？」

有紗はわざと家政婦としての立場を思い出させるようなことを口にした。しかし、誠人はじっと有紗の目を見つめている。彼は決して視線を逸らさなかった。

「何もいらない」

「じゃあ……ご用がなければ、わたしはこれで」

有紗は何かまずいことが起きる前に、自分の部屋に立ち去ろうとした。だが、腕を摑まれ、引き寄せられる。

有紗は抵抗する暇《ひま》もなく、彼に抱き締められていた。

身体の熱が一気に上がったような気がした。彼の身体が自分の身体としっかりと密着している。こんなことは初めてだった。

「僕は君と二人きりになるのが怖かった。昨夜みたいなことになったらと思うと……。だけど、君はこの大きな家で一人残されて、淋しかったんだね？」

有紗は自分の気持ちを彼が判ってくれたことに驚いていた。だから、素直に頷いた。

「すみません。子供みたいに泣いてしまって……」

「いや、いいんだ。君はお父さんを亡くしたばかりだし、泣きたいときもあるだろう」

誠人は優しい手つきで、有紗の背中を撫《な》でた。

彼に抱き締められて、有紗は気が遠くなるくらいドキドキして、ふわふわとした気持ちになっていた。今の彼は自分に同情してくれて、慰めてくれているだけだ。勘違いしてはいけない。そう思うものの、優しくしてもらえて、天にも昇る心地だった。

こんなふうにずっと優しくしてもらえたら、どんなに幸せだろう。

他の何もいらない。他の何も……。

気がつくと、誠人の手が有紗のおさげを解いていた。豊かな髪に手を差し込み、梳《す》いていく。その親密な仕草に、有紗の鼓動は速くなった。

「誠人さん……」

「この髪が好きなんだ」

彼は有紗の頭を抱くようにして、髪にキスをした。ずっと彼の腕の中にいたいと思いながらも、有紗の頭のどこかで警報が鳴り響いている。

昨夜みたいなことになりたくない。サービスなんてしないんだから。

誤解を与える前に、身を引かなくてはならない。そう思うのに、今日もまた身体が動いてくれない。それ以前に、居心地のいい彼の腕の中から出ていこうとは、どうしても思えなかったのだ。

馬鹿馬鹿馬鹿っ。また同じ間違いを犯すつもりなの？

有紗はなんとか彼から離れようと努力した。

「わたし……もう……」

「黙って」

誠人は有紗の顎《あご》に手をかけて、上を向かせた。彼の瞳が自分をじっと見つめているのが判り、思わず赤面する。

こんなに近くで彼と見つめ合うことになるとは思わなかったからだ。一体、自分はどんな顔をして、彼と一緒にいるのだろう。それは決して知りたくはなかった。きっと恋に落ちたような顔をしていることは、自分でも判っていたからだ。

愚かな娘とは、わたしのことだわ。

彼が求めているのは、一時の戯《たわむ》れだ。けれども、雇い主と家政婦の関係を考えたら、ここで別の関係になるわけにはいかない。そんなことのために、自分はここに来たのではないのだ。

だから、彼が弄《もてあそ》びたくても、きっぱりと断れば、それでおしまいだ。今日は酒の匂いもしない。昨夜のような強引な真似はしないだろう。

「君の顔は綺麗だね……」

「綺麗だなんて、そんな……」

「どうして今まで気づかなかったんだろう。可愛いだけじゃない。顔立ちは整っている。小柄なところや、髪型なんかでごまかされていた。君は綺麗なんだ」

誠人は目が悪いのだろうか。メイクをすれば、綺麗だと言われることもある。だが、その程度だ。可愛いと言われるだけで、光栄すぎるほどなのに。

「僕は君に惹《ひ》かれないようにしていたんだ。祖母が何か企《たくら》んでいるのは判っていたから」

「お祖母様が？　何か企んだりする方ではありませんよ」

「いや、企むんだよ、あの人は。だから、それに抵抗したくて、君のほうはあまり見ないようにしていたんだ」

意味がよく判らないが、自分を無視していたのは、理由があってのことだったのだ。

「じゃあ、わたしは嫌われていたんじゃなかったんですね？」

嬉しくてそう尋ねたら、一瞬、彼はじっとこちらを見つめてきた。

「君を嫌う人なんか、なかなかいないだろう」

なんと答えていいか判らなかった。嫌われていると思うことはそんなにないが、だからといって、自分は人に嫌われないと思い込めるほど、有紗はそこまで単純な人間ではなかった。

「少なくとも、君は祖母に気に入られている。だから、怖いのかもしれないな」

「怖いって……何が？」

彼が怖がっているのは、なんなのだろう。有紗はそれが知りたかった。

「誠人さ……」

いきなり唇が塞がれていた。何も言えない。呼吸でさえ困難になりそうだった。彼に近づいてはいけないと判っているのに、またキスをされてしまっている。そんな自分が嫌だった。どうして、こんなに優柔不断なのだろう。

けれども、もう一度キスされたいと思っていたのも、確かだった。

そうだ。昨夜、自分の部屋に逃げ込んだときから、こうしてほしかった。彼の柔らかい唇を感じたかった。

しかし、今日のキスは唇が重なっただけではなかった。唇を舐め、誘ったりもしなかった。強引に舌が入ってきたのだ。有紗は驚いて、身体を強張《こわば》らせた。だが、背中を撫でられると、それ以上の抵抗もできなくなってしまう。

彼の舌は有紗の口の中で自由に動きまわっている。やがて、有紗の舌にそれが絡みついてきた。

これが……本当のキス？

唇が合わさっただけの可愛いキスとは違う。大人のキスだ。

有紗は衝撃を受けた。今まで自分がいた世界はちっぽけで、可愛いものだった。彼に出会ってから、自分はその居心地のいい世界から出ていかなくてはならなくなったのだ。

どうしていいか判らなかった。けれども、彼のキスは決して嫌悪感を催《もよお》すものではなくて、逆に身体を熱くさせるものだった。

脚に力が入らない。キスされて、震えているのだ。昨夜の快感を思い出し、あれに似たようなざわめきのようなものを身体に感じた。

有紗は無意識のうちに手を伸ばして、彼の背中に手を回していた。とても一人では立っていられなくなっていたからかもしれない。彼にしがみつかなければ、床に崩れ落ちることになっていただろう。

「ん……」

鼻から抜けるような呻き声が出ていた。舌が絡み合っている。それが、有紗の官能を呼び起こしていた。

昨夜みたいなことにはなりたくない。自分で自分の身体をコントロールできないような状態に陥りたくなかった。

だって……。

彼に触れられるだけで、わたしの身体はおかしくなってしまうんだもの。

それでも、いつしか有紗は彼のキスに応えていた。自分でもぎこちなく舌を動かし、彼の舌に擦りつけるような仕草をしていた。

やがて、誠人がそっと唇を離した。

有紗の頭はぼんやりとしていた。身体は熱く燃え上がっている。もっとキスがしたい。身体に触れられたい。そんな欲求が身体の奥から突き上げてくる。

自分がどうかしてしまったとしか思えない。今まで父の戒《いまし》めは有紗の行動を縛っていた。いや、正確には父が縛っていたのではなく、有紗が自分自身で縛っていたのだ。父の気に入られるようにとばかり、願っていたからだ。

もちろん、父は優しかった。有紗にありったけの愛情を注いでくれて、その愛情は確かなものだった。しかし、有紗は父の期待に応えたかった。愛情を裏切りたくなかったのだ。だから、父が思う以上に、有紗は男性に対して及び腰になっていた。デートする機会に恵まれなかったのは事実だが、誘われなかったということではないのだ。何かしら理由をつけて断っていた。

結婚するまで男性のベッドに行ってはいけない。そう言われたから、ベッドどころか、キスもしたことがなかった。

誠人はその戒めをするりと通り抜けてしまっていた。彼にとっては、有紗はただの遊びの相手だ。真剣に考えているわけではないことは、昨夜の言動ではっきり判っている。

いくら恋愛には無知でも、大事に想う相手にあんなことはできない。まして、性的なサービスが云々なんてことは言えないはずだ。

それなのに、どうして自分は彼にまだ抱き締められているのだろう。こうして顔を見合わせて、身動きもしないでいるのだろう。

きっと自分の顔には表れている。もっとキスしてほしいと。

彼はゆっくりと手を上げて、有紗の頬を包んだ。彼の大きな両手の感触がとても温かく思えてくる。

ああ、そんなはずはないのに……。

彼の眼差しは決して優しいものではなかった。焼けつくような熱い眼差しで、自分を見つめている。

下半身が蕩《とろ》けそうになってきて、有紗は戸惑った。

これは何……？　欲望？

自分の中にそんな激しいものがあるとは思わなかった。これまで一度だって、他の人には感じたことのない感情だった。

頬を撫でられるだけで、気が遠くなりそうになる。

「わたし達……こんなことをしてはいけないと思います」

有紗はやっとのことでそう告げた。彼のあからさまな誘いを拒絶することができて、ほっとする。この一言が言えないばかりに、昨夜はあんな目に遭ったのだ。

彼にキスされたいとか、触れられたいとか、そんな欲求はどこか仕舞ってしまおう。自分はここの家政婦として働いているのだ。彼の遊びの相手として、ここにいるわけではなかった。

誠人は微笑みを浮かべた。

「もう遅いと思わないか？」

「でも……」

「もう一度でもキスしたら、君は僕の手に堕《お》ちる。試してみたっていいが」

彼はそう言いながら、背中にあるファスナーに手をかけて下ろしていく。

「やめて……」

剝《む》き出しの背中を撫でられて、有紗は自分の脚が震え出すのが判った。背中を撫でられただけなのに……。

いや、今の自分なら、どこを撫でられても感じてしまう。さっきのキスで、身体がありえないくらい敏感になってしまっているのだ。

「この背中にもキスしようか？」

想像しただけで、身体の中に熱い嵐が巻き起こる。有紗は自分の身体が制御できなくなっていた。

どうしてなの……？

誠人のキスがすべてを変えてしまっていた。

「ど……どうしたらいいか……判らないの」

有紗は震える声で訴えた。誠人にそれを尋ねるのは間違っている。彼が欲しているのは、一時の戯れの相手なのだから。

「僕のベッドに行くと言えばいい」

甘く囁くような声に眩暈《めまい》を覚えた。

「でも……」

「言い訳はいらない。君が感じていることは判っているんだ」

誠人は断定口調で言うと、有無を言わせず、有紗の唇を奪っていた。これがとどめだと、有紗にもはっきりと判る口づけだった。

貪《むさぼ》るように唇を押しつけられ、舌を絡められる。有紗はそれに対抗するすべを持たなかった。

ただ無防備に、キスを受け入れるだけで。

再び唇が離れたとき、有紗はぐったりとしていた。誠人はその身体を抱き上げる。有紗はもう何も言えずに、彼の首に自分の腕を巻きつけた。それが降参の印《しるし》だと、二人とも判っている。

行き先は彼の寝室だ。そこで何が起こるのか、疑いようがなかった。


静かにベッドに下ろされて、有紗は誠人を見つめた。

部屋の明かりはサイドテーブルの上にあるシェードランプだけだ。

彼はスーツの上着を脱ぎ、ネクタイを外す。そして、ワイシャツのボタンをいくつか外した。

彼はベッドに腰を下ろすと、有紗の上半身をそっと起こした。

「君の身体が見たいんだ……」

エプロンを外され、ワンピースも脱がされていく。下着姿を見られただけで、有紗は恥ずかしさに身をよじりたくなった。思わず両手で胸を隠した。

誠人はその仕草を見て、ふっと笑った。

「その中身はもう見てるよ」

確かにそうだ。裸はもう見られているのだ。

「でも……」

「見せてくれ」

彼が強引に下着を剝ぎ取ろうとしないことにほっとしたが、頼むように言われると、それに従わなくてはいけないような気がして、有紗は手を胸から離した。

「いい子だ」

誠人はブラジャーのホックを外し、優しい手つきでそれを取り去った。彼の眼差しが胸に注がれて、有紗はどんな顔をしていいのかも判らなくなってしまった。

彼はそっと乳房を手で包んだ。有紗の身体がビクンと揺れる。他人の手がここに触れたのは、初めてだったからだ。

「君の裸を見てからずっと……こんなふうに触れてみたかった」

彼はわたしの身体にしか興味がないのね……。

そう思うと、悲しくなった。

「君と初めて会ったときから、君に惹かれないようにしようと決めていたんだ。まだ子供じゃないかって……。今日だって、君には絶対触れないつもりだったのに、君の泣き顔を見たら、慰めたくなって……」

有紗は彼が抱き締めてくれて、背中を撫でてくれたことを思い出した。あのとき、確かに彼はとても優しかった。

じゃあ……身体目当てなんかじゃないのよね……？

だって、悪い人なんかじゃないもの。お祖母さんを大事にしている人だもの。

そう思うと、有紗の心の中で彼を求める気持ちが大きくなっていく。結婚前にこんなことをしてはいけないと判っている。それでも、有紗は彼にこうして身体を預けていると、不思議な気分になってくるのだ。

特に、優しくされているときは……。

泣きたいような切ない気持ちになってくる。

そして、身体が熱くなってきて、彼ともっと触れ合いたくなってくる。

彼もわたしと同じ気持ちになるのかしら。

キスせずにはいられない。身体を触れ合わせずにはいられない。有紗の身体も心も、誠人を求めていた。

誠人はピンクの乳首を指で撫でた。途端に、今まで感じたことのない感覚が身体の中を走り抜けていく。

「あ……」

「やっぱり、君はすごく敏感なんだな」

昨夜のことを揶揄《からか》われたような気がして、有紗は恥ずかしくなった。彼に触れられると、どうしてもそうなってしまうのだ。他の男性が触れたらどうなるのか判らないが、試してみる気はない。

パパの言いつけを破るのは、今日だけよ……。

本当にそれで済むのかどうか判らなかったが、有紗も子供ではない。こうした行為が必ずしも結婚に繋がらないことくらいは知っている。

それでも、今はこうしていたかった。罪悪感を隅《すみ》に押しやっても、彼と触れ合いたかったのだ。

「キスしていいかな？」

「キス……？」

彼はもう二度もキスしている。今更、どうして了解を得るようなことを言っているのか、有紗には判らなかった。

「そうだ。キスだよ……」

誠人は有紗の身体をベッドに横たえた。今更ながら、このベッドがとても巨大なことに気づいた。部屋には掃除などでいつも入っている。大きいことは知っていたが、実際にここに寝たのは初めてだったからだ。

彼は上から覆いかぶさってきて、有紗の頬を両手で包んだ。彼はじっと瞳を見つめてくる。こういうときの彼の表情がとても好きだ。まるで愛情があるみたいに思えてくる。こんなに近くで瞳を見つめてくる男性なんて、誠人しか知らない。

彼は有紗の唇を貪《むさぼ》った。有紗も夢中でそれに応える。彼になら、何をされてもいい。今は他の何もいらない。彼だけが欲しい。

彼はそっと唇を離すと、有紗の目の前で微笑みを浮かべた。有紗はそれを見ただけで、ドキドキしてきた。なんて素敵な笑い方をするのだろう。彼の微笑みだけで、身体が蕩けてしまいそうになる。

彼は有紗の首筋に唇をそっと押し当てた。彼の息が肌に触れる。それくらい近くに彼の顔があると思うだけで、有紗は興奮してきた。

やがて、彼は唇を滑らせていき、胸の膨《ふく》らみに到達した。ピンク色の頂にもキスをしてくる。

ああ……このキスのことだったのね。

彼が求めていたのは、これだったのだ。彼の舌が乳首を捉えて、舐《な》めてくる。きっと、こういう行為において、それはめずらしくもないのだろう。ただ、有紗にとっては、初めての体験で、どうしようもないほど強い興奮を覚えた。

指で弄られたときより、ずっと感じる。キスされ、舌で舐められて……。

もう片方の乳房を彼の手が撫でた。乳首を指で摘み、そうして指の腹で撫でていく。

「あっ……やだ……っ」

「嫌ではないだろう?」

彼に注意をされたが、有紗はろくに聞いていなかった。両方の乳首を刺激されて、あまりの快感におかしくなりそうだったのだ。

「まったく……驚くほど敏感なんだな」

彼は唇と指を離した。有紗は大きく息をついた。感じすぎるくらい感じていたが、彼の愛撫がなくなると、物足りない気持ちになってくる。

もっとしてほしい。そう思いつつも、有紗は口にできなかった。

「わたし……」

「いいよ。君は何も言わなくても」

誠人はパニエを下ろし、ドロワーズに手をかけた。そして、下着ごと下ろしていく。裸を見られたことはあっても、ここで全裸になるのはまた違う。有紗はドキドキしながらも、ぎこちなく脚を動かし、彼の手助けをした。

彼はソックスまで脱がせてくれる。

彼の視線が熱い。全身を見つめられている。そう思うと、有紗は自分がどこを見ていいかも判らなくなっていた。

裸でベッドに横たわり、誠人にすべてを見られているのだ。

「君は……人魚みたいだ」

「人魚？」

彼のたとえがよく判らなかった。

「人間に生まれ変わって、裸で浜に打ち上げられた人魚だ。髪が長くて……胸が豊かで、引き締まった身体つきに長い脚……」

彼が髪にそっと触れた。そして、胸の膨らみに触れ、それから腰へと手を滑らせていく。

「そうだ。脱衣所で見た君は髪も濡れていたし、まさに人魚だった」

膝から太腿へと撫で上げられて、身体が震えた。

「誠人さん……っ」

「君のすべてを見たいんだ」

「もう……見てるのに」

「いいや。まだ全部は見てないよ」

彼は両膝の裏側に手をやり、そっと持ち上げた。

「いやっ……」

両脚を押し広げられて、有紗は狼狽《ろうばい》した。自分の大事な部分がすべて見られている。恥ずかしさのあまり、有紗は両手で自分の顔を覆った。

「やめて……っ」

「どうして？　僕に見られるのは嫌なのかい？」

「だって……」

身体がガクガク震えている。恥ずかしくてたまらないが、それでも見つめているのが誠人だと思うと、下半身が蕩けてくるような気がした。

「君は、僕に見られて感じていると思うよ」

彼は片方の手を膝の裏から放して、有紗の秘部にそっと触れた。

「あ……やだ」

誠人はくすっと笑った。

「やっぱり。ほら、すごく濡れているよ。……判るかい？」

彼の指が秘裂《ひれつ》に沿って、そっと動いていく。すると、昨夜と同じように蜜が溢れてくるのが判った。

ああ、わたしったら……。

有紗は唇を噛んだ。自分の身体が淫らな反応を起こすことが嫌だった。感じていることが、彼に判らなければいいのに。

「恥ずかしい……」

「大丈夫。そんなに恥ずかしがらなくていいんだ。僕は嬉しいんだから」

「嬉しいの？　軽蔑《けいべつ》してるんじゃなくて？」

有紗は自分の身体の反応にも戸惑っていたから、嬉しいなどと言われて意外だった。

「軽蔑なんてしない。僕がすることに感じてくれるほうが嬉しいんだ。もっと……君は淫らになってもいい。感じるなら、声を出したっていいんだよ」

軽蔑しないと言われてほっとしたが、それでも、やはりこういう行為をすることに後ろめたさがある有紗は、これ以上、淫らになんてなるまいと決心した。

けれども、彼の顔が脚の間に近づいてきたとき、はっとして、身体を強張らせた。

「何っ……ああっ」

誠人はそこに顔を埋めて、自分の秘所を舐め始めた。

「いやっ……いやよ……ああ……」

脚が震えるが、誠人にしっかりと押さえつけられている。もちろん、閉じようにも閉じられない。彼の舌は秘裂の中に潜り込んだかと思うと、まるで蜜《みつ》を舐め取るような動きをした。

全身が燃えるようだった。恥ずかしい。

有紗はぎゅっと目を閉じた。こんなことが現実だとは、とても信じられない。夢の中の出来事だとまで思った。

だが、こんな夢を見るはずがない。彼がこんなことをするなんて、思ってもみなかったからだ。

秘裂を抉《えぐ》るように動いていた舌は、今度は有紗の花芯《かしん》に触れてきた。途端に、ビクンと大きく身体が震えた。

「やっ……あぁっ……ん」

昨夜、指で触れられたときも、こんな反応をしてしまった。だが、今日は指ではなく舌なのだ。柔らかい舌が有紗を攻め立てていく。有紗は何度も身体を震わせながら、喘ぎ声を上げていた。

秘裂の中に今度は指が入ってくる。濡れた花弁はしっかりと彼の指をくわえ込んでしまった。その指が前後に動かされ、同時に舌でも刺激されていく。

「ああっ……そんなぁ……あぁん」

昨夜のような絶頂が訪れることが、有紗にももう判っていた。それを止めるすべはない。

不意に、有紗は自分の身体が宙に浮くような感覚に襲われて、ぐっと力を入れた。

「あぁぁっ……！」

悲鳴のような声を上げて、目をギュッと閉じる。胸の鼓動が激しく打っている。呼吸もまだ収まらない。

「ああ……わたし……わたし」

なんと言っていいか判らない。とても気持ちがいいのに、何かが足りない。そんな気がして、涙が出そうになってくる。

誠人は身体を起こすと、自分が着ているものを脱ぎ始めた。有紗は快感の余韻の中、それをじっと見ていた。

男の人の裸を見るのは初めて……。

もちろん父は別だ。だが、父の裸を見て、こんなふうに胸が高鳴ることなんてない。彼の肌が露になってくると、有紗は視線を外すことができなくなっていた。彼の滑らかな肌や筋肉に目を奪われてしまう。

彼はズボンと共に下着も下ろした。彼の股間には怒張したものがある。

あれが……わたしの中に入るの？

有紗は無意識のうちに喉を鳴らしていた。その様子を見て、誠人は微《かす》かに笑った。

「……期待してくれているのかな？」

「わ、わたし……」

「もちろん君の身の安全は守るよ。それだけは絶対に忘れない」

彼はサイドテーブルの引き出しから取り出した、小さく平たい包みを見せた。それが避妊具だということは、有紗にもすぐに判った。

今の今まで自分は避妊のことなんて忘れていた。ただ夢中で、彼の与えてくれる快感に翻弄《ほんろう》されていただけだったからだ。けれども、彼がちゃんと心得ていてくれてよかった。そうでなければ、大変なことになっていただろう。

彼は避妊具をつけると、有紗の秘所にそれを押し当てた。その感覚に、有紗ははっとした。

本当にいいの？　このまま彼に抱かれてしまっても、後悔しない？

頭の隅に迷いがあった。それでも、このまま自分の部屋に帰ることは考えられなかった。彼が欲しくて仕方がない。彼と身体をひとつにして、彼の身体の温かさを感じたかった。

彼のものが押し入ってくる。

痛いとは聞いていた。けれども、こんなに痛いとは予想もしていなかった。

有紗は苦痛に耐えかねて、声を洩らした。

「あっ……くぅう……」

「有紗？　まさか……」

目を開けると、彼が驚いたような顔をしていた。そんなに驚くようなことなのだろうか。処女なら、痛いのは当たり前……。

有紗はそのときになって気がついた。彼は有紗が処女だとは思っていなかったのだ。愕然《がくぜん》とした。どうしてそのことにショックを受けるのか判らなかったが、これが彼にとって本当に遊びなのだということを認めたくなかったのかもしれない。

自分が彼を好きなように、彼も自分を好きでいてくれていると……。

だから、彼は自分の処女を奪うのだと。

有紗はそう思いたかったのだ。

誠人は歯を食い縛りながら動きを止めていた。

「……ごめん」

彼はぐっと腰を落とした。強烈な痛みが走り、有紗はシーツをぎゅっと摑んだ。

痛みは一瞬の内に和らいだ。自分の身体の中に彼を受け入れていると思うと、有紗の胸の内に、温かいものが湧き上がってくる。

でも、彼は遊びのつもりかもしれない……。

恐らくそうだろう。そんなふうに考えると、胸が切り裂かれるような痛みを感じた。涙ぐんでしまった有紗を見て、誠人は優しく唇を重ねた。

「悪かった。まさか初めてだとは思わなくて……。痛かった？」

「少し……」

でも、泣いたのはそれが理由じゃないわ。

彼には遊びでも、自分にとっては違う。これは意味のあることだ。好きな人に純潔を捧げた。それだけでも幸せなことなのだ。相手に見向きもされないより、身体だけでも興味を持ってもらったほうがいい。

自分でもいじましいと思うが、今この瞬間、誠人は有紗のものだった。

「君はとても可愛いよ……。僕の腕の中でこんなに震えている」

有紗はおずおずと手を伸ばして、彼の背中に手を回した。すると、ぴったりと身体が重なったような気がした。彼のほうも、有紗をしっかりと抱き締めてくる。

眩暈がするような喜びが湧き起こった。

「君は僕のものだ」

「わたしは……あなたのもの？」

有紗の胸に希望の光が差した。彼は自分と同じ気持ちなのかもしれない。これは遊びではなくて、本当に好きになってくれたのかもしれない。

「そうだよ。君の初めての相手は僕なんだから」

有紗は彼に頷きながらも、その理屈についてはよく判らなかった。しかし、それはどうでもいい。彼が有紗を自分のものだと思ってくれることのほうが重要だった。

「ね……少し重いの」

「ああ、ごめん。でも、まだ終わってないんだよ」

「え……?」

誠人はくすっと笑うと、有紗に軽くキスをした。そして、身体を起こすと、腰をゆっくりと動かした。

有紗は目を大きく見開いた。彼のものが自分の中で行き来している。それと共に、終わったと思っていた感覚がまた呼び覚まされてきたのに気がついた。

「あ……やだ……っ」

「気持ちいいだろう?」

「あっ……でもっ」

次第に彼の動きが激しくなってくる。有紗は思わず彼の腕をぎゅっと握った。それでも、足りずに、手を伸ばして、彼の肩にしがみつく。

「……なんだか……身体が……変」

「どう……変なんだ?」

「奥が……」

有紗は顔を赤らめた。言葉にするのは躊躇われる。

「奥が感じるんだ?」

恥ずかしさのあまり、有紗は目を閉じて頷いた。彼の顔なんて見ていられない。

「なんて可愛いんだ……!」

誠人は有紗を抱き締め、唇を合わせた。激しくキスをされ、有紗は夢中でそれに応える。

その間にも奥まで何度も突かれ、有紗は熱い感覚が身体の芯から頭のてっぺんまでぐっとせり上がってくるのを感じた。

ああ、また……!

彼が唇を離した。そのとき、有紗は彼の首にしがみついて、身体を反らした。

「ああっ……!」

二度目の絶頂を迎え、息も絶え絶えになる。誠人は彼女を強く抱き締め、己を深く沈めた。耳元で彼が低い声で呻くのが聞こえる。彼もまた絶頂を迎えたのだろう。

二人は抱き合ったまま、お互いの鼓動や呼吸をじっと感じていた。

なんて幸せなんだろう。

有紗は感激のあまり涙ぐんだ。こんな感動を覚えたのは、初めてだった。他の誰でもない。好きな人に抱かれ、身体を重ねたのだ。

ずっと、このままでいたい。これからのことなんて考えたくない。今だけこの幸せを貪っていたかった。

そう。いっそ時間なんて止まってしまえばいいのに。

彼が気だるげに顔を上げた。もう一度、キスしてくれるかと思ったのに、彼はさっと身体を離し、後始末をした。

なんだか……彼が不機嫌になっているような気がする。

ただの気のせいならいいけど。

有紗は身体を起こした。彼はもう下着を穿《は》き、ベッドにいる彼女を振り返った。彼の顔にはなんの表情も浮かんでいない。今さっきまで優しかったのに……。

ううん。気のせいよ。いくらなんでも、抱き合って、とても幸せな時間を共有したはずなのに、冷たいことなんか言うはずない。

彼はそこまで冷酷な人間ではないだろう。そうだ。本当は優しい人なのだから。

「有紗……。君はこういうことは初めてで……もしかしたら誤解したかもしれないが……」

彼は一体、何を言おうとしているの？

有紗は血の気が引く思いだった。

「わ……判ってます。言わなくても」

口ごもりながら、なんとかそう言った。彼にこれ以上、傷つくことを言われたくなかった。

「いや、こういうことははっきり言っておいたほうがいい。僕は結婚するつもりはない。これはただの遊びなんだ」

彼がそういう気持ちでいることは、薄々気づいていたが、こんなにはっきりと言い渡されるとは思わなかった。彼は誤解されたくないと言ったが、今抱いた相手をこれほどまでに傷つけるなんて、あまりにも残酷だった。

結婚なんて考えてない。そこまで考えるほど無邪気でもない。だが、ただの遊びだと断言されて、有紗はショックを受けていた。

惨《みじ》めだった。抱かれたこと以上に、辱《はずかし》められたような気もした。

視線を逸らし、ベッドから下りた。そして、床に落ちていた自分の服やエプロン、そして下着を手に取る。

「有紗……」

何か一言でも言おうとしたら、きっと泣いてしまうだろう。そんな姿は見せたくなかった。

有紗は自分の衣類を抱いて、部屋を飛び出した。

わたしが得たものは、好きな人の身体だけだった。

それは、あまりに無残な結末だった。

第四章　デート

誠人《まこと》は自分の仕打ちがひどすぎたと、さっきから罪悪感にかられていた。

彼女はバージンだった。あんな誘惑をしてくるようだから、絶対バージンではないと思い込んでいたのに。

ああ、なんてことをしてしまったんだ……！

後悔しても遅いことは判っている。しかし、動揺せずにはいられない。

結局のところ、自分は最初から彼女に惹《ひ》かれていたのだ。理性でねじ伏せていたものの、あのときから自分は罠にかかっていたに違いない。そして、彼女の裸を見た途端、頑《かたく》なな心に綻《ほころ》びが生じてしまった。

それでも、ただ遊ぶだけならいいと思った。誘惑してくる相手と少しくらい遊んでも、彼女だってそれを望んでいるのだからと。

けれども、彼女がバージンだったとなると、また話が違う。そもそも、彼女は自分を誘惑していたのだろうか。そこから、どうも判らなくなってきた。

もし、そうではなかったら……。

はっきり言って怖かった。真面目な若い女の子を……しかも、自分の家の家政婦を、こちらが誘惑してしまったことになる。キスをして、それから身体に触れた。なんのかんのと理屈をつけた挙句に、ベッドに連れ込んだ。

どう考えても、あまりにもひどい男だ。これを正当化するすべはないかもしれない。今まで、自分は誰かを故意に傷つけたことなんかなかった。女性と付き合うときには、最初から結婚なんてしないと言ってから付き合ったし、付き合っていた間は服やアクセサリーやブランド品を惜しげなく買い与えた。豪華なディナーにも何度も連れていった。はっきり言わせてもらえば、貸し借りなしの関係だ。

けれども、自分と有紗《ありさ》の場合は違う。雇い主と家政婦。どんなに惹かれても、簡単に手を出していい相手ではないのだ。

僕はどうにかしていたとしか思えない……。

結局、彼女が欲しくてたまらなかった。最初からそうだったが、裸を見てしまってからは、どうしようもなかった。止めようにも止められない衝動があった。どんな理由をつけても、きっと彼女を抱いただろう。

しかし、彼女がバージンとなれば、今までの女性とはまったく違う。そもそも、最初から結婚はしないとも言っていない。真面目な彼女にしてみれば、身体の関係を持てば、結婚のことが頭をちらつくに違いない。

そう考えると、罪悪感も相まって、つい、これはただの遊びだと断言してしまった。

ひどい。ひどすぎる。

自分自身のパニックを、有紗に投げつけたのだ。ただ、ただ、結婚ということを考えたくないばかりに。

彼女は今にも泣きそうだった。いや、この部屋を出てから、泣いたに違いない。今も自分の部屋で泣いているかもしれない。

そう思うと、居ても立ってもいられなくて、部屋をうろうろと歩き回った。

二十歳の娘をああいう形で傷つけてしまった。もちろんセックスしたからといって、結婚しなくてはならないわけではない。まして、自分はきちんと避妊をした。だが、抱いた後に、遊びだから誤解するなと言うのは、あまりにもひどすぎた。

彼女の涙の溜まった目を思い出す。抱いているときも、彼女のことが可愛くて仕方がなかった。抱き締めて、キスをして、本当はこのベッドで一緒に眠りたいくらいだった。

それなのに……。

彼女はあんなふうに傷つけられていい人間ではない。やはりあれは誘惑だったかもしれないし、金目当てかもしれないが、それでも父親想いのいい娘だ。仕事振りも真面目で、手際がいい。幸恵にも優しい。

それに、彼女にやめられたら困る。このところ、ずっと彼女のことばかり考えていたから、他の女性には目が向かなくなっていた。正直言って、また彼女が欲しい。いや、セックスではなくて、近くにいてもらいたいのだ。

「ああ……ダメだ！」

誠人はどうにも気持ちが治まらず、部屋を出た。そして、有紗の部屋の前に行く。ノックしようとして、中からすすり泣く声が聞こえてきた。

ああ、やっぱり彼女を傷つけていた！

誠人はノックもせずにドアを開いた。すると、有紗はベッドの上でぬいぐるみの猫を抱き締めていた。もちろん、頬には涙が流れている。部屋に入ってきた誠人を見て、一瞬、ぽかんとしていたが、すぐに拳で涙を拭《ふ》いた。

「……なんでしょうか？」

静かな声で尋ねられ、誠人は急になんと言っていいか判らなくなった。

彼女は色気のない綿のパジャマを着ている。そして、猫のぬいぐるみを大事そうに抱いていた。他に部屋にあるものを見ても、華美なところはまったくない。それどころか、小さなテーブルの上には父親らしき男性の写真が飾ってあった。

僕はやっぱり思い違いをしていた……？

彼女は男を誘惑するような女じゃない。それに、金目当てにも絶対に見えない。少女じみた姿を見て、罪悪感がもっとひどくなってくる。

「僕が悪かった！　あんなことを言って……」

有紗は首を横に振った。

「いいんです……。結婚なんて……望んでませんから」

有紗の声は震えている。今にもまた泣き出しそうにしている。誠人は近づいて、彼女を抱き締めた。

彼女の身体が強張《こわば》る。拒《こば》まれたようで傷つくが、それも自業自得《じごうじとく》だ。傷つけたのは、こちらのほうなのだから。

「僕は怖かったんだ」

「怖かった？　誠人さんに何か怖いものがあるんですか？」

有紗は不思議そうに尋ねた。彼女にとって、自分は怖いもの知らずの人間のように見えるのだろうか。

「バージンの女の子を抱いたのは初めてだった。なるべく君に惹かれないようにしていたという話は、さっきしたよね？　君の初めてを自分が奪ったと知ったとき、自分の人生が変わってしまうような衝撃を受けて……。それが怖かった。そんな気持ちを闇雲に君にぶつけてしまった。君は何も悪くないのに……」

有紗を抱き締める手を緩《ゆる》めて、彼女の顔を覗き込む。彼女の頬は薔薇《ばら》色になっていて、涙に濡れた大きな瞳は輝きを取り戻した。

彼女はこんなに純粋な心の持ち主だったんだ……！

誠人の言葉や態度ひとつで、彼女の気持ちはすぐに変化する。優しく接すれば、彼女はきっと優しさを返してくれるだろう。愛情を注げば、愛を返してくれて……。

いや、自分と彼女の間に、そこまで求めているわけではない。愛情というものが、誠人はあまり信じられなかった。少なくとも、男女の愛情というものは。肉親の愛さえも信じられなかったのに、他人の愛なんてもっと信じられない。

誠人にとって、信じられる愛情を注いでくれたのは、幸恵だけだった。過去、女性に愛していると言われたことはある。どんな言葉も、誠人の心を溶かすことはできなかったが。

けれども、有紗は今まで付き合ってきた女性達とは違う。若いせいかもしれないが、彼女は誠人の言葉をそのまま受け取ってしまう。大きな瞳に涙を溜めて見つめられたら、どれだけ自分がひどいことをしたかと反省するしかない。

彼女はきっと乙女らしい気持ちで、誠人に憧れていたのかもしれない。だから、誘惑する素振りをしてきたのだ。それを自分は金目当てだと、勝手に勘違いしていた。

そうだ。彼女の瞳は僕への信頼に溢れている。こんな瞳をした彼女を裏切れるはずがない。

誠人は有紗に優しくして、甘やかしてやりたい気分になっていた。

彼女の髪を撫で、それから頬にもそっと触れた。彼女の薔薇色に染まった頬は、純真な気持ちの証《あかし》だ。

「君の心を傷つけるようなことをして、本当にすまなかった」

「もう……いいんです。誠人さんが謝ってくださっただけで」

彼女の言葉は本心からのもののようだった。あんなことを言われて、許してくれるなんて、心の広い女性に違いない。

彼女を突き放したりしたら、自分は大馬鹿者かもしれない。これだけ綺麗で可愛くて、純情で信頼に値する女性は他にいない。自分は石ころと間違えて、ダイヤモンドの原石を捨てようとしていたんじゃないだろうか。

いや、まだ信頼するには早すぎる。彼女をよく知ってみなくては、判断は下せない。だが、彼女はダイヤモンドのような気がするのだ。

誠人は有紗のキラキラ光る瞳を見つめて、そう思った。

それに、誠人は彼女の心を傷つけた償いをしなくてはならない。バージンを捧げてくれた相手に、あんなひどいことを口走る男がどこにいるだろう。たとえ一時でも、悲しませたお詫《わ》びはするべきだ。

誠人は彼女の頰を両手で優しく包んだ。

「最初からやり直せないかな？　君をベッドに連れていく前に」

有紗は目をしばたたいた。

「ベッドに行く前……？」

思い返せば、昨夜もひどいことをした。てっきり経験済みだと思っていたから、バージンの女の子にあんな真似をしたとは、自分でも気づいていなかったのだ。

誠人は自分の罪悪感に押し潰されそうになった。これを払拭《ふっしょく》するためにも、ぜひ、彼女とやり直したい。こんなに純粋な女の子に嫌われたくなかった。

「たとえば……デートをしよう」

「デート！」

有紗の顔がぱっと輝いた。

ああ、彼女はなんて綺麗なんだろう。こんな嬉しそうな顔は初めて見た。

「わたし、デートしたことないんです！」

そうだったのか。自分はなんと愚かな想像をして、彼女を苦しめたのか。一瞬、また罪悪感に襲われたが、誠人はそれを振り払った。これから彼女を楽しませればいいのだ。普通の恋人のようにデートをして、優しくしよう。

「それから、もっと君のことをよく知りたい。君が何を好きなのか、とか、どんな生活をしてきたのか、とか……」

有紗の表情が少し暗くなった。その顔を見たとき、誠人の心に疑惑が芽生えたが、その疑惑が彼女を傷つける結果になったのだ。今度は彼女を信じよう。二十歳のバージンの女の子に後ろ暗い過去など、あるわけがない。

有紗はゆっくりと口を開いた。

「わたしも……誠人さんのことをもっとよく知りたいです。すごくすごく知りたいです」

誠人をそれを聞いて、ほっとした。自分に興味を示してくれていることが嬉しかったし、表情が暗くなったのも、きっとその欲求が退けられるかもしれないと思ったからだろう。

「いいよ。恋人として、二人で同じ時間を過ごしていけば、お互い判り合えるだろう」

もちろん、誠人としては、自分のすべてを彼女に曝《さら》け出すつもりなどなかった。そこまで無防備になれない。だが、彼女は自分に心を開いてくれるだろう。

何故なら、彼女はバージンを捧げてくれるくらい、自分のことを好きだからだ。

有紗がそっと頷くと、誠人はすっかり満足して、彼女の顎《あご》に手をかけた。そして、ゆっくりと顔を近づけていく。

唇が重なったとき、誠人はすべてが上手くいくと信じて疑わなかった。


有紗は目が覚めて、一瞬、自分がどこにいるのか判らなくて驚いた。

目に入る室内は、いつもの自分の部屋と違う。それに、何より、大きなベッドには自分以外の人間がいる。

有紗は後ろから自分を抱き締める相手のことを思い、微笑んだ。

とても幸せだった。昨夜、誠人にひどいことを言われて、泣いていたときは、胸が張り裂けそうなくらいつらかった。父との約束も破って、家に帰ろうとまで考えたのだ。

しかし、あの後、誠人が来て、謝ってくれた。あれは彼の本心だったと思う。彼は自分が思っていたとおり、やはり優しい人なのだ。冷酷な人にはなり得ない。

あれから、二人は恋人として付き合う約束をして、キスを交わした。本当のところ、まだ信じられない。彼は遊びで有紗を抱いたことを後悔し、罪悪感を抱いているかもしれないが、家政婦の自分と大企業のＣＥＯ《シーイーオー》である彼が本物の恋人同士になれるはずがないと思うのだ。

ただ、彼はあれから本当の恋人のように振る舞っている。有紗は彼が好きだから、それに引きずられて、一緒に眠ろうという誘いを断りきれず、ここへ来てしまった。もっとも、昨夜は有紗にとって初めてのことだったから、誠人は気を遣って、ただ眠るだけだと言ってくれた。二人はパジャマ姿で眠りについたのだ。

これから二人がどうなるにしても、彼とこうして一緒のベッドで眠れたのは嬉しかった。それこそ、本当の恋人になれたような気がして……。

有紗は彼を起こさないように、そっと身体を起こそうとした。が、彼に後ろから抱き寄せられてしまう。

「誠人さん……！」

「そんなに慌てて出ていかなくてもいいじゃないか」

誠人の少し掠《かす》れたような声に、有紗はドキッとした。そんなふうに言われたら、ずっとこのベッドで彼と一緒に寝ていたい気持ちにさせられてしまう。

だが、もちろん、そんなわけにはいかない。自分には自分の仕事がある。給料をもらっている以上、幸恵がいなくても……たとえ、本当に誠人の恋人になったとしても、しなくてはならないことだ。

有紗は彼のほうを向いた。

「わたし、朝食を作らなくては」

「そんなのは後でもいい。もっと君の身体を抱いていたい」

子供のように自分の欲求を口に出す誠人が、急に愛しく思えてきて、有紗は微笑んだ。

「ダメです。恋人でも……わたしは家政婦ですから」

「君は頭が固いな。何もこれからセックスをしようと言うんじゃないんだ。いや、そりゃあしたいけど、二度目はもっとロマンティックな感じにしたいと思ってる。片手間に慌しくしたくない。君はもっと敬意を捧げられるべきなんだ」

誠人の言葉を聞いて、有紗の胸は熱くなった。

彼は本気かもしれない。もちろん期待しすぎてはいけないことは判っている。これは身分違いの恋だ。叶うはずのない恋で、やがて消えてしまうだろう。それでも、今の誠人の言葉には、本当の気持ちが込められていることを信じたかった。

「でも、わたしは誠人さんに朝食を作ってあげたいんです」

有紗は自分の感情を抑えきれずに、彼の唇に軽いキスをした。自分からキスをしたのは、もちろん初めてだった。こんなふうに挨拶のようなキスができるなんて、自分でも思わなくて、ドキドキして、彼の反応を確かめるように顔を見つめてしまった。

彼はすぐに微笑んだ。そして、彼のほうからも挨拶のキスが返ってくる。

「いいね、こういうの。実を言えば、女性と同じベッドで眠ったのは初めてなんだ」

どういう意味だろう。昨夜の体験は有紗にとって初めてだったが、当然、彼のほうは違うはずだ。

きょとんとした有紗の顔を見て、誠人は笑った。

「ベッドを共にしたことはある。だが、同じベッドで眠ったことはない。朝、こうして一緒に目が覚めて、こんな気持ちになったのは初めてだ」

「こんな気持ちって……？」

有紗はドキドキした。今の自分と同じ気持ちなのだろうか。幸せで、とても満ち足りた気分だ。

「この女は僕のものだ、と」

有紗は頭がカーッと熱くなった。そんな言葉が返ってくるとは、思いも寄らぬことだった。

「頬が薔薇色になった。君のそんなところが可愛くて仕方がない」

誠人は揶揄《からか》うように微笑みを浮かべ、有紗の頬をそっと撫でた。

「そんなことを言われたら、朝食を作りにいけなくなってしまいます」

「そうだね。本当のことを言えば、朝食より君とこうしていたい気持ちが強いが、君の朝食を食べたい気持ちもあるし……」

誠人は残念そうに有紗がベッドから出られるように手を放した。有紗のほうも残念だったが、仕方がない。自分の仕事はきちんとしなくてはならない。それが、けじめだと思うのだ。

「じゃあ、すぐ用意をしますから」

有紗はベッドから出て、そう声をかけた。誠人は上半身を起こして、彼女をじっと見つめる。

「ひとつ頼みがあるんだ」

「な、なんでしょう？」

彼に見つめられるだけで、自分は心を乱している。

「髪をおさげにしないでほしいんだ。そんなふうに長い髪を垂らしているところが、好きなんだよ」

好きという言葉を聞いて、ドキッとする。いや、彼はわたしを好きだと言ったんじゃないわ。髪を垂らしたところが好きだと言っているだけよ。

そう思いながらも、有紗は嬉しかった。

「はい、承知しました」

そう返事すると、誠人は嬉しげに微笑んだ。


誠人は会社の広々とした会議室で、重役の意見を聞いていた。

革張りの椅子と高級感のあるミーティングデスクがゆったりと配置されていて、七条《しちじょう》コーポレーションの重役達がここに集《つど》っている。誠人が一番初めにこの会議室に足を踏み入れたのは、まだ祖父や父が生きていた頃だった。グループ会社のひとつを任されたものの、自分の若さが周囲に与える影響を、否が応でも感じずにいられなかった。

あれから、何年経っただろう。今もこの大企業を動かすには若すぎると思われているのは判っている。しかし、それを払拭《ふっしょく》するだけの実績もある。そして、自分の経営に関する才覚は、自分でもきちんと把握しているつもりだ。

確かに足りない部分はあるだろう。しかし、補えるだけの人材は揃っている。自分に必要なのは、その人材を使いこなすだけの器量だけだ。

誠人は目の前に置かれた資料の余白に、自分の意見をいくつか書き加えた。新しく始めた事業の業績があまりよくない。自動車製造や販売とはまったく違う、地球の環境を考えたプロジェクトに沿って始められたグローバルな事業だ。

進むべきか、後退すべきか。最終的に判断するのは誠人だ。とはいえ、多くの意見とは違う判断を無理やり下しても、いい結果にはならない。大勢の社員の生活が自分の肩にかかっている。判断を間違うことは許されなかった。

重役達の話を聞いていると、新事業について撤退すべきだという意見が多勢を占めているようだった。誠人はその意見のすべてを聞いた後、会議を進行している議長に合図をして、重々しく口を開いた。

「私は撤退を決めるにはまだ早いと思う」

重役達の間からは不満の声が洩《も》れた。

「ですが、この不況の中、すでに失敗しているとも言える事業に、これだけの新たな資金を投入するというのは……」

「必ず、株主からも反発が出るはずです」

もちろん、それは予想されるだろう。筆頭株主は誠人自身だが、株主総会で糾弾《きゅうだん》されかねない。

「私はまだ失敗したとは思っていない。元々、この事業が利益を生むまで時間がかかることは予想されていた。確かに予想以上に業績が悪いことは判っている。それでも、もう少し猶予《ゆうよ》を与えたい」

誠人は立ち上がり、大型プロジェクターに映し出された未来予想図を手で示した。そこには、変化していく地球の環境に対応したこの事業が、いかに発展していくかについて描かれている。

「この事業は、必ず我が七條コーポレーションの役に立つ。国内の企業イメージが上がるだけではなく、海外の日本企業に対するイメージも上がる。長期的に見ても、今の時点で、この程度の資金投入は決してマイナスにはならないはずだ」

それは理想論だという意見も出るが、誠人は更に五年後、十年後の数字を挙げる。最初から長期プランに基づいた事業だったのに、ここでやめてしまっては、逆にマイナスの数字ばかりが残ることになると説明を続けた。

「今、苦しいのは、どの企業でも同じだ。しかし、目先のことだけを考えていては、いずれ行き詰まるだろう。常に先のこと考えなくてはいけない。幸いうちにはそれだけの余裕がまだある。今のうちに、他社と差をつけるべきだ」

誠人はどうだというふうに、重役の面々を見回した。彼らはやがて、今までの否定意見を捨て、肯定意見を述べ始めた。

新事業は続けることに決定し、会議は拍手に包まれて滞《とどこお》りなく終了した。

誠人は自分の執務室に戻り、続きの部屋に待機している男性秘書にコーヒーを頼んだ。

広々とした部屋には重厚なマホガニーのデスクや応接セットや観葉植物が置いてある。壁には美しい絵画がかけられ、キャビネットにいろんな記念品などが飾ってあった。

誠人がデスクにつくと、若い秘書はてきぱきとコーヒーの用意をして、カップを持ってきてくれた。

「会議中に二件電話がありました。用件はこちらにメモしてあります」

彼のメモを受け取り、カップに口をつけた。会議はやはり気が張る。自分よりはるかに年長の重役と渡り合うときには、たまに自分の若さが恨《うら》めしくなってくるのだ。

「新聞社のインタビューの申し込みか。スケジュールに空きはあるか?」

「三日後の午後三時からは一時間ほど空いております」

「よし。予定を入れてくれ。忘れずに、向こうにも連絡を入れるように」

「承知しました」

秘書が自分の部屋へと戻っていく。女性秘書を雇わないのはそれなりの理由があるのだ。一緒に海外出張をするうちに、まるで妻のように面倒を見ようとしてきた女性秘書がいて、辟易《へきえき》したことがあるからだった。

誠人はコーヒーを飲み干してしまって、鍵のついたデスクから、重要書類を出した。今日は朝から精力的に予定をこなしている。早く仕事を終わらせて、早く帰りたい一心で。

何故なら、午後六時に有紗と待ち合わせをして、デートする約束をしたからだ。今夜は、二人きりで小さなフレンチレストランで食事をするのだ。

いつしか、誠人は有紗のことを思い出していた。

今朝、朝食を取っているときに、デートの話を持ち出した。一度、家に帰って二人で出かけようと言った誠人に、彼女はおねだりする子供のような目で見つめてきた。

『待ち合わせって、したことがないんです』

そうだった。彼女はデートなど初めてなのだ。そう思うと、急に愛しさが胸に溢れてきて、彼女の欲しいものはなんでもプレゼントしたいという気持ちにさせられた。もちろん、待ち合わせをするくらい、なんでもない。

自分は彼女にのぼせ上がっているのだろうか。いや、そんなことはない。大丈夫。冷静だ……たぶん。

仕事中は普段と変わりがなかったと思う。会議も上手くやった。

そうだ。たかが、デートの約束をしただけだ。しかも、どこかに出かけるというわけでもなく、ただレストランでディナーを一緒に食べるだけの話だ。

しかし、有紗のことを思い出すと、すぐに気持ちが高ぶってきてしまう。早く彼女に会いたくて、たまらなかった。とはいえ、彼女とは毎日、同じ家で暮らしていたというのに、今更、どうしてこんなに気がそぞろなのか、自分でもさっぱり判らない。

まるで、思春期の少年が初めて恋をしたかのように……。

誠人は自分の考えにぞっとした。恋なんて、とんでもない。有紗のことは好きだ。可愛いと思う。優しくしてあげたいとも思っている。

しかし、これは恋や愛ではない。そこまで、自分は理性を欠いているわけではないのだ。

ともあれ、誠人は仕事の目処がついた後、自社ビルの外に出ると、いつものように車の後部座席に乗り込んだ。そして、運転手に行き先を命じる。

待ち合わせはＪＲの駅の改札口の前だった。運転手と車を家に帰してしまい、誠人は有紗が改札口から出てくるところが見たくて、早めに待ち合わせ場所へと急いだ。

同じ家に住んでいながら、私服姿の有紗をまだ見たことがない。一糸まとわぬ姿やパジャマ姿も見ているのに、ずいぶんおかしな話だ。有紗は髪を下ろして来てくれるだろうか。

自分を見つけたら、あの可愛らしい顔はぱっと輝くのだろうか。

あれこれ想像して、一人でにやけてしまう。

だが、残念なことに、有紗はすでに待ち合わせ場所に佇んでいた。

想像したとおり、可愛くも上品なワンピースに身を包んでいる。決して高い服ではなさそうだが、それほど安っぽくもない。裾はちょうど膝より少し短いくらいで、短すぎてはいなかった。

やはり、短いスカート丈は、自分だけが楽しみたい。他の男には絶対に見せたくなかった。彼女のすんなりとした形のいい脚は好きだが、他人に見せるのは惜しい。

髪はおさげではなかった。長い髪を下ろして、サイドの髪を後ろでまとめ、髪飾りをつけている。靴《くつ》はあまりヒールの高くないパンプスで、ストッキングを穿いている。

彼女は清楚《せいそ》で美しい。そして、可愛い。

あのひらひらのメイド服を品よく着こなせるのだから、普通の服を着れば、もっと引き立つことが判っていた。有紗はうつむき加減だったが、微笑みを浮かべている。待ち合わせそのものを、彼女が楽しんでいるように見えて、誠人は心が浮き立った。

このまま有紗をずっと見つめていたい。そう思ったが、彼女が一人で立っていれば、他の男が寄ってきて、声をかけるかもしれない。それはよくない。絶対によくない。

誠人は彼女にそっと横から近づいた。

「有紗……」

彼女はぱっと顔を上げて、誠人を見つけると、本当に幸せそうな顔で笑いかけてきた。

その瞬間、誠人の胸の中で、眩《まぶ》しいほどの明かりが灯ったような気がした。

「早かったんですね。わたしも、ずいぶん早めに着いたのに」

彼女はたまたま早めに着いたのではなく、自ら早めに着くようにしたに違いない。有紗は初めてのデートで、初めて男と待ち合わせをすることを楽しんでいた。彼女は大人なのに、心はまだ乙女のようだった。

「君が改札を抜けてやってくるところを見たいと思って、僕も早めに来たんだけど」

思わず正直に自分の気持ちを打ち明けると、有紗はぱっと顔を赤く染めた。

「ごめんなさいっ。わたし、誠人さんがそんなふうに考えているとは思わなくて」

「僕がどんなふうに考えていると思った？」

「誠人さんは……たぶんいろんな経験があると思うから。こんな子供じみたデートなんて、本当はしたくないのかもって……」

誠人も他の女が相手なら、確かにそう考えていただろう。女ならいくらでもいる。少なくとも、自分の金に引き寄せられる女はけっこう存在していた。けれども、有紗は誠人にとっては特別だった。他の女とは違う。

それに、彼女はまだ子供だ。年齢は大人だが、子供っぽいところがある。というより、少女らしさがあるのだ。情報が飛び交う今の時代、それは稀有《けう》なことかもしれない。純粋なところを残したまま、大人になったのだ。

だから、誠人は彼女に優しくしたい。彼女を大事にしたいと考えている。彼女が望むなら、遊園地や動物園に出かけたっていい。

「子供じみてなんかいないよ。どんな用事より、君と食事をするほうが楽しみなんだ」

誠人は有紗の肩にそっと触れた。

「さあ、少し早いが、そろそろ予約していたレストランに行こうか」

そこは、駅から少し歩いたところにあった。一緒に歩いていると、誠人は有紗が落ち着いた格好をしていることに、今更ながらほっとする。仕事帰りの自分はスーツ姿で、彼女がミニスカートを穿いていたり、ラフな格好をしていたら、釣り合わないところだったからだ。

彼女は実年齢より若く見えるのだ。どうかすると、援助交際か何かのように、周囲の人から見られてしまうかもしれない。

もちろん、彼女は二十歳で、れっきとした大人なのだが。

「わたし……こうして二人で歩いているだけで嬉しいです」

「歩いているだけで？」

それこそ、中学生のような感想だ。だが、それが彼女に似合っていて、とても好ましいと思った。誘惑するより、ずっと彼女にふさわしい。

「ええ。……誠人さん、お願いがあるんですけど」

躊躇《ため》いがちに言われて、誠人はぞっとした。何か買ってくれというおねだりだろうか。やはり、彼女の目当ては、自分の財布の中身なのかもしれない。

「……何が望みなんだ？」

なるべく平静を装って尋ねてみる。しかし、誠人の心の中は落胆でいっぱいだった。彼女だけは特別だと信じていたのに。

「手を……繋いでいいですか？」

小さな声でそっと囁いてくる。途端に、疑惑がなんの根拠もないものだったことに気がつき、自分を責めた。

僕はなんて疑り深いんだろう。こんなふうに疑ってばかりじゃ、気疲れをするばかりなのに。

誠人は自分の過剰反応を恥ずかしく思いながら、有紗の手を取り、ぎゅっと握った。彼女は一瞬、息を止め、それから朗《ほが》らかな笑い声を立てた。

「手を繋ぐのは好きなんだ？」

「パパ以外の……いえ、父以外の大人の男の人と手を繋いで歩いたのは、初めてです」

有紗はいつも父親のことをパパと呼んでいたようだ。パパという言葉に、妙な甘酸っぱさを感じるのは何故なのだろう。可憐《かれん》な少女の姿をそこに感じるからだろうか。

「僕はどう？」

有紗の手に力がこもった。

「あの……素敵です。とても親しい感じがするから」

親しいどころではない。昨夜はあれだけ深い繋がりを共有したというのに。それが微笑ましく思えてくるが、一方で、手を繋いで歩くことすら初めてだという有紗に、自分はなんということをしてしまったのだろうと思う。

いや、過ぎたことは仕方がない。今更、彼女をバージンに戻せるわけではないのだ。順番は逆になるが、せめてこうした恋人らしいデートをしながら、二人の関係を正常に戻せたらいい。

つまり、二人は本物の恋人となるのだ。

誠人はそう考えると、柄《がら》にもなく軽い興奮を覚えた。有紗と一緒にいると、自分はいつもの自分ではなくなってしまう。というより、有紗のことを考えるだけで、落ち着きをなくしたり、妙な考えに取りつかれたりしているような気がする。

そもそも、彼女が誘惑を仕掛けてきたと思ったのも、そのせい……というわけではないが、彼女にはきっと特別なものがあるのだろう。それがなんなのかは判らない。きっと色気ではないだろうと思うのだが。

誠人はいつもの有紗のメイド服姿を思い浮かべた。あのスカートが膨《ふく》らんでいるのが、よくないのだろう。膨らんでいるから、あのスカートの中身はどうなっているのか、気になってしまうのだ。

できれば、あのメイド服姿を他の男に見せたくない。他の男だって、自分同様、スカートの中身が気になるだろうから。そんなことになったら、彼女が危険な目に遭《あ》うかもしれない。買い物帰りに襲われたらどうするのだ。

誠人はコホンと咳《せき》払いをして、傍らの有紗に目をやった。すると、有紗のほうもにこにこして、こちらを見てくる。彼女に信頼されていると思うと、胸に何か熱い想いが込み上げてきそうになった。

「君は買い物に行くとき、メイド服で出かけるのかな?」

「いえ……。あの服は目立つので、着替えて出かけるようにしています」

誠人はほっと胸を撫で下ろした。彼女には良識がある。

「そういう服?」

「これは……その……デートだから……。普段はもっとラフな服装ですよ」

彼女は自分とのデートのためにおしゃれをしてきてくれたのだ。そう思うと、何故だか誇らしく思えてくる。

「いつもはどんな服を着てるんだ?」

「Tシャツにジーンズです」

有紗くらいスタイルがよければ、そんな格好でもきっと似合うだろう。誠人は彼女の長い脚がぴったりとしたジーンズに包まれているところを想像して、にやにやしてしまった。

やがて、目的のレストランに着いた。

誠人がよく女性を連れていくホテルなどの高級レストランではなく、彼女が臆せず入れるような小さな温かみのあるレストランにした。我ながら、いいアイデアだ。心の中で自画自賛しながら、店へと入る。

案内された席に着き、店内を見回している有紗に声をかけた。

「こういう店は初めてかな?」

「はい。フレンチレストランと聞いていたから、どんなお店だろうと想像していたんですけど、気取りがないお店で落ち着きますよね」

有紗が満足そうにしているのを見て、誠人は嬉しかった。金目当ての女性なら、こういう店より高級レストランのほうが喜ぶだろう。

この店は素朴な店だ。外観もさることながら、店内もフランスの田舎のレストランという雰囲気なのだ。テーブルも椅子も無骨な木製で、それに白いテーブルクロスがかけられ、可愛いクッションが添えてある。壁は白い漆喰《しっくい》の壁で、小さな額に収まった絵がいくつもかけられていた。

加えて、メニューは手作り感が溢れている。有紗はそれを眺めていたが、ちらっと誠人を見ると、恥ずかしそうに言った。

「もし、よかったら、誠人さんと同じものを……。こういうお料理は食べたことがないから、想像できないんです」

誠人は頷《うなず》いて、コース料理を選んだ。

「何か苦手なものがあれば、食材を差し替えることもできるよ。たとえば、チキンをポークに替えるとか」

「大丈夫です。わたし、嫌いな食べ物がほとんどないから」

有紗は微笑んで、誠人を見つめた。誠人は急に食事などどうでもよくなったが、そういうわけにもいかない。ウェイトレスを呼んで、ワインと料理を注文した。

やがて、冷やされたワインが運ばれてきて、グラスに注がれる。

「君の美しい髪に」

乾杯の仕草をすると、有紗は頬を染めた。グラスを触れ合わせたりはしなかったが、誠人は有紗がグラスに口をつけるのをじっと見つめた。別に、彼女を酔わせるつもりはない。酔わせなくても、彼女はすでに自分のものだからだ。

「君は亡くなったお父さんが大好きだったんだね？」

確か尊敬する人といった感じで、彼女は表現していた。母親は早くに亡くなって、父親に育てられてきたから、一般の父親と娘という関係より絆が深いのかもしれない。

「今も大好きです。わたし、兄弟もいないから、父と二人でずっと暮らしていたんですよ。父はとても真面目で、厳しいところもあるけど優しくて、素晴らしい人だったんです」

有紗は父親の話になると、キラキラした瞳で語りだす。尊敬する父親がいるというだけで、誠人にしてみれば羨ましい限りだが、それ以上に何か別の感情が生まれていた。

つまり、嫉妬《しっと》だ。父親に嫉妬しても仕方がないが、彼女が愛しているのは父親だけという気がするからだ。

「君はファザコンなのか？　だから、歳の離れている僕とデートしてるのかな？」

有紗は目を丸くしたが、すぐに笑った。

「いいえ。父のことは尊敬していますけど、誠人さんは父とは全然違います。だって……」

彼女の頬にはさっと赤みがさした。彼女はきっと昨夜のことを思い出しているのだろう。

「確かに、お父さんは僕みたいな真似はしないだろうね……」

「誠人さんと一緒にいると、なんだか落ち着かない気分になります。でも、何故だか一緒にいたいんです。父といるときとは全然違います」

誠人は自分の胸の中が温かくなってきたことに気がついた。あんな真似をして、あんなひどいことを言った自分に対して、彼女はなんて寛大なのだろう。

誠人は優しい気持ちになり、微笑んだ。

「僕も同じだよ。君といると落ち着かないけど、一緒にいたいと思ってしまう」

正直に告白すると、有紗の頬はこれ以上ないくらい赤く染まったが、それでも視線を逸らしたりしなかった。ただ、キラキラとした大きな瞳で見つめてくる。

その眼差しに、誠人は魅入られてしまいそうだった。彼女がどんなものより、とても大切に思えてくる。

「わたし……パパより素敵な人はいないとずっと思っていました。でも……」

彼女の瞳は、誠人こそが彼女の父親より『素敵な人』だと告げている。自分はただの遊びで、彼女のバージンを奪った卑劣な男なのに。

いや、それはこれから正すのだ。彼女にふさわしい男になって、とびっきり優しい恋人になろう。

誠人はいっそ有紗の手を取り、店を飛び出してしまいたかった。早く家に帰って、二人きりになりたい。けれども、その前に料理が運ばれてきてしまった。

落胆したものの、有紗の瞳は美しく盛りつけられた料理を見て、輝いた。

「わたし、綺麗なものが大好きなんです。それから、可愛いものも」

「猫のぬいぐるみとか？」

有紗はその言葉を聞いて、恥ずかしそうにした。彼女を馬鹿にするつもりは毛頭なかったが、それでも彼女がこんなふうに恥ずかしそうにしているのを見るのは好きだ。

「本当は猫が飼いたいんです。でも、ずっとアパート暮らしだったから……」

「どんな猫が好き？」

「どんな猫でも」

誠人の脳裏に、白くふわふわした子猫を抱く有紗の姿が浮かんだ。彼女はきっと子猫に愛情を注ぐだろう。猫だけでなく、きっと赤ん坊にも……。

誠人は自分の考えに、ぞっとした。赤ん坊なんていらない。いずれは必要になるかもし

れないが、今はいらない。たとえ有紗であろうとも、結婚する気はなかったし、想定外に赤ん坊などできたら困ることになる。

有紗は律儀《りちぎ》に手を合わせてから、料理を食べ始めた。幸恵は彼女のそんな礼儀正しいところが気に入っているようだったが、誠人も好ましいと思っていた。もっとも、それは彼女が礼儀正しいからではなく、なんとなく可愛らしい仕草に見えるからだ。

「フランス料理を食べたのは初めてですけど、とってもおいしいです。わたしもこんなお料理ができたら……」

有紗は夢見がちな目で料理を見て、それから溜息をついた。

「やっぱり、わたしには庶民的なお料理しかできそうにないですね……」

「それでいいんだよ。こういう料理は外でいくらでも食べられる。でも、君の手料理は家でしか味わえないものだ」

いや、僕の家でだけ味わえるものだ。

彼女の料理は確かにごく普通の家庭料理だ。だが、それで充分だ。おいしいし、何より彼女の細かな心遣いが溢れている。幸恵のために脂っこい料理は作らないし、逆に誠人にはボリュームのある一品を付け加えたりしてくれる。もちろん、好きなものや嫌いなものは完全に把握しているようだ。

できれば、ずっと僕の家で料理を作ってほしい。他のところでは作ってほしくない。我がままな考えかもしれないが、有紗の手料理を楽しむのは、自分と祖母だけでいいと思っている。

突然、誠人の頭の中に、結婚の二文字がちらつく。いくら振り払っても、それは頭から出ていかない。

有紗と結婚すれば、彼女の手料理はずっと自分だけのものだ。彼女は可愛い赤ん坊を産むだろう。家事はもちろん完璧だし、子供にも愛情を注ぐに違いない。もちろん、誠人のベッドで毎日寝起きするから、完全に独占できる。

なんだか、それがとても素晴らしい考えのような気がしてくる。有紗とのデートで、自分はどうかしてしまったのだろうか。結婚なんて、絶対に嫌だったはずなのに。少なくとも、今さっき、赤ん坊なんていらないと思ったはずだ。

けれども、彼女と築く未来をつい想像してしまう。もちろん、幸恵は大喜びだろう。有紗をとても気に入っているのだから。

有紗はいい妻になるかもしれない……。

しかし、万が一、自分の勘《かん》が外れていて、結婚した途端、彼女が豹変《ひょうへん》したら……。

いや、そんなはずはない。有紗は純真で、今まで自分が出会ったどんな女性より素晴らしい。

そんな考えが頭から離れていかない。誠人はそんな自分に戸惑いを覚えていた。

「そうですね。こういうお料理はお店で味わえばいいんですよね」

有紗はにこにこして、また料理を口に運ぶ。そして、幸せそうな顔をした。

まさに、その顔は料理を味わっているという表情で、誠人はこの店に連れてきた甲斐《かい》があったと思った。

彼女をもっと幸せにしたい。もっと喜ばせたい。もっと大事にしたい。

そんな想いが込み上げてくる。彼女が幸せなら、自分もきっと幸せになれるだろう。実際、今、誠人はとても幸せな気分だった。

こんなに可愛い有紗を独占したい。二人きりになりたい。

誠人は彼女を早く家に連れて帰りたくて仕方がなかった。


有紗はワインに少し酔った状態で、家に戻ってきた。

リビングでソファに躓《つまず》く自分を見て、誠人は心配そうに声をかけてきた。

「大丈夫かい？　君があまり酒を飲めないと言っていたのを忘れてた」

「いいえ、飲めないんじゃなくて、飲まないだけです」

有紗はにっこり笑って、脚を擦った。

「わたし、あちこちによくぶつかるんですよ。酔っ払っていなくても、そうなんです」

だから、彼の前で躓いて、みっともない格好を晒《さら》してしまったのだ。それからどうなったのかを思い出して、有紗は赤面する。

あのとき、誠人は有紗のことを誤解していたのだろう。もっと軽い女だと思い込んでいたのだ。もちろん経験もあると思っていたから、あんな真似をした。

だが、今の誠人はとても優しい。デートをしたことのない自分に、初めてのデートをしてくれた。待ち合わせをして、手を繋いで歩くのが夢だった。ごく普通の男女みたいなことをしてみたかったのだ。彼はその夢を叶えてくれた。

誠人のような素敵な男性とデートできるだけでも幸せなことなのに、こうして一緒の家で暮らしているなんて……。

いや、一緒に暮らしているわけではない。現実を直視しよう。自分はここで住み込みの家政婦として雇われているだけのことだ。彼がデートしてくれるからといって、厚かましく本当の恋人になった気分でいるのはよくない。

彼のような素敵な男性が、今まで一人でいたはずがない。何人もの女性と交際していただろう。彼の恋人にふさわしいのは、美しい人だ。それも、彼の年齢にふさわしい大人の女性だ。

いくら彼のことを好きになっても、ただの片想いだ。恋人のように接してくれても、やはり本当の恋人じゃない。彼は処女を奪ってしまったことに罪悪感を抱いているだけだ。だから、優しくして、大事にしてくれる。その気持ちは本物だとしても、二人の関係はそうではないと思う。勘違いをしてはいけないのだ。

「コーヒーでも淹《い》れましょうか？　それとも、もうお風呂にしますか？」

誠人はにやりと笑った。

「一緒に風呂に入ろうか？」

有紗は二人でシャワーを浴びているところを想像して、うろたえてしまった。

「いいえ！　そんな……無理です」

裸で身体を重ねたことがあっても、やはりそこまで大胆にはなれそうになかった。誠人は気分を害した様子でもなく、明るく笑った。

「そうだろうと思った。だったら、先に風呂に入るといい」

「ダメです。誠人さんが先です。……今、浴槽にお湯を入れますから」

誠人の帰りが遅いならともかく、ここにいるのに、家政婦の自分が先に風呂に入るわけにはいかないだろう。

有紗はキッチンへ行き、温水器のパネルについているボタンを押して、浴槽にお湯を入れ始めた。リビングに戻ってくると、誠人は揶揄うように声をかけてくる。

「君はけっこう頑固なんだね」

「そうですか？」

首をかしげて考えてみた。そう言われてみれば、頑固かもしれない。自分が正しいと思う道にこだわっていて、周りの人の忠告を聞かないこともある。

親戚の店で働くことを、父は嫌がっていた。判っていたのに、有紗はそれが正しいことだと思ったから、そうした。事実、そうしなければ、父の看病もできなかったし、入院費も払えなかっただろう。

有紗は溜息をついた。

「……そうかもしれません。わたし、たぶん融通《ゆうずう》がきかないんですよ」

「君のそういうところも可愛いと思っている」

有紗はまた頬が赤くなるのを感じて、両手で押さえた。可愛いと言われただけで、そんな反応してしまう自分が愚かに思えた。

そんなものは社交辞令だ。判っているのに、有紗は他人の言葉をすぐまともに受け止めてしまうことがよくあった。信じやすく、騙されやすい。自分がそういう性格だということも、よく判っていた。

「やっぱりコーヒーを淹れますね」

有紗は再びキッチンへ行き、コーヒーメーカーをセットする。誠人と二人きりでいると、やはりおかしくなってくる。落ち着かないだけでなく、変な言動をしてしまいそうになる。そんなところを、できれば誠人には見せたくなかった。

「有紗……」

彼の声が聞こえて、はっと振り返る。だが、それより前に、彼に後ろから抱き締められていた。

「誠人さん……」

「怒った？」

「え、わたしがどうして怒るんですか？」

有紗が急にキッチンに避難してきたのを、彼は怒ったからだと思ったのだ。有紗はあまり怒らないし、怒ったところで、そんなことはしない。それに、誠人から逃げるのは、腹を立てたからではない。逆に、彼への想いが膨れ上がりすぎて、抑えが利かなくなっていたからだ。

彼と共に同じベッドで眠ってから、有紗は彼を急に身近に感じ、もっと好きになっていた。こんなぎこちない態度を取っているくせに、本当は彼とキスしたいし、抱き締められたい。もっと話がしたいし、できればべったりくっついていたかった。

「気に障ったかと思ったんだ。怒ってないんだね？」

「はい……。怒る理由がありません」

「よかった」

誠人は低い声で笑ったが、身体を放してくれなかった。それどころか、有紗の髪を一房摘んで、弄り始めてしまった。

「そんなに揶揄わないでください。わたし……本気にしてしまいそう」

彼が愛情ある仕草をしてくれると、そのまま信じてしまう。それが何よりつらかった。それが本当の気持ちでないと、いつも心に言い聞かせておかなくては、すぐに判らなくなるだろう。

「別に揶揄ってるつもりはないよ。君は何を本気にしてしまうのが嫌なんだ？」

「誠人さんはわたしを……本物の恋人のように扱ってます。わたしが誠人さんのことを好きなのを知っていて、揶揄ってらっしゃるんです！」

誠人は急に手を放した。一瞬、落胆したが、すぐに彼のほうを向かせられて、両腕を摑まれ、顔を覗き込まれた。

ドキッとする。彼はとても整った顔をしていて、爽やかな香りがした。今夜、有紗に付きまとって離れなかった香りだ。

「君はまだ僕のことを好きでいてくれるんだ？」

そうじゃないと言いたかった。けれども、そんな嘘はつけない。誠人にこんなふうに接してこられるのはつらい。しかし、無視されたり、冷たくされるのはもっと嫌だ。それくらいなら、心の痛みに耐え、彼の戯れに付き合ったほうがまだいい。

結局のところ、有紗は彼の傍《そば》にいたかった。恋人のように優しくしてもらいたい。キスして、昨夜のようなこともしてもらいたかった。

あの後、彼には傷つけられたが、今度はきっと大丈夫だ。終わった後も優しくしてくれて、また同じベッドで眠らせてくれるかもしれない。

有紗は自分のいじましさが嫌だった。遊びの相手でもいいなんて、本当は思っていない。だが、それしか彼の傍にいることができないなら、それを選ぶしかないのだ。

誠人は有紗の目の中を覗き込んできた。

「本当の気持ちを聞かせてほしい」

そう言われては、本当のことを言うしかない。どのみち、有紗は自分の気持ちをいつまでも隠しておくことはできないと思っていた。

「はい……。誠人さんのことが好きなんです」

「僕は君にひどいことをしたと思っている。君のことを誤解していたからだが、傷つけるようなことも口にした。それでも、まだ好きでいてくれる？」

有紗はそっと頷いた。すると、誠人は輝くような笑顔を見せた。真剣な眼差しが今度は蕩けるような熱いまなざしに変わって、それを見つめる有紗の鼓動は高鳴った。

「僕も君が好きだ」

有紗は目を大きく見開いた。

本当だろうか。疑うわけではなく、とても信じられなかったからだ。

「何度もそうじゃないと思っていた。君がどうだというわけではなく……僕は女性をあまり信用していないんだ。だけど、君のことは信じられることに気がついた。君は僕が今まで知っている女性の中で一番素敵な人だ」

「一番はお祖母様だと思います」

はにかみながら口を挟むと、誠人は笑顔を見せた。

「そういうふうに言ってくれる君も好きだ。もちろん祖母は別だ。だけど、それをちゃんと判ってくれる君が好きなんだ」

誠人の告白には天にも昇る心地がする。本当に自分は彼に好かれているのだろうか。というより、これは夢なのかもしれない。あまりに自分が夢見てきたことと同じだ。

有紗は手を伸ばして、自分の頬をつねってみた。それを怪訝《けげん》な顔つきで見ていた誠人だったが、やがて何かおかしなことに気づいたように頬をぴくぴくさせた。

「もしかして、僕の言葉が信じられなくて、頬をつねってる？　夢なんじゃないかって？」

「はい。やっぱり夢なんじゃないでしょうか。でも、夢から覚めないのは、わたしが覚めたくないからなのかも……」

「君はなんて可愛いんだろう！」

誠人は有紗の身体をぎゅっと抱き締めて、持ち上げた。身体がふわりと浮き上がって、有紗の足は床から離れる。誠人に抱き締められたまま、有紗はくるくると回った。

「誠人さん……！」

二人の体格が違うことは判っていたが、まるで子供のように振り回されて、有紗は驚いた。誠人は有紗を下ろしたが、それでも抱き締める手を緩めてくれなかった。

有紗は彼の身体に隙間もないほどに密着していることに、ドキドキしてしまう。

「ね？　夢なんかじゃないだろう？」

「はい……」

　こうして身体をくっつけていると、彼の下半身にあるものの感触がはっきりと判る。有紗がそれを意識したのと同時に、彼も意識したのか、それはすぐに硬くなってきた。これが夢だなんて思えない。

「僕は君にひどいことをした。でも、そろそろ許して、僕のことを信じてくれないかな?」

「誠人さんのことを信じてないわけじゃないんです。だけど、誠人さんはもっと大人の女性がお好きなんじゃないかと……」

「僕もそう思っていたけど、間違いだと判った。それに、君は大人だよ。年齢こそ二十歳だが、年齢以上の思いやりや優しさを持っている」

　それは褒《ほ》めすぎだと思った。彼が思うほど、自分は大した人間ではない。それでも、彼に好きだと言われたことは嬉しかった。

「君に思いっきりキスして、すぐにでもベッドに連れていきたいくらいだ……!」

　有紗はそのとおりにしてほしいと思った。それは自分も望んでいることだ。デートも嬉しかったが、それ以上に彼との身体の触れ合いが欲しかった。

「わたしも……」

　有紗はおずおずと彼の背中に手を回すと、力を込めた。誠人の腕がそれに応えるように、更に有紗を強く抱き締める。

しかし、誠人はすぐに腕を放して、有紗の顔を覗き込んできた。

「だが、その前に、君に話しておきたいことがあるんだ」

「……なんですか？」

話なんていらない。言葉よりキスが欲しかった。けれども、誠人は何か真剣な話をしようとしているのだ。有紗はキスをせがむ気持ちをなんとか抑えた。

「座って話そう」

誠人はそう言いながら、有紗を花嫁のように抱き上げると、リビングのソファに運んだ。彼がそのままソファに腰かけたので、彼の膝の上に横抱きにされていることになる。ドキドキして、話すどころではないかもしれない。有紗は彼の首に腕を回して、顔を見つめた。

誠人は有紗に笑いかけると、それから顔を引き締めた。

「大切な話なんだ。これを話しておかないと、君は今までの僕のひどい態度に納得できないかもしれないから」

それは、彼の過去のことに何か関係しているのかもしれない。有紗は彼のことをもっと知りたいと思っていたから、その話に期待を寄せた。

二人の間にはまだたくさんの問題が横たわっているような気がする。好き合っていて、

恋人として振る舞っても、それは確かに存在するのだ。だから、ひとつでも問題はなくしてしまいたかった。

彼とすべて分かち合えるようになったとき、自分は本当の恋人になれるのだ。そうでなければ、ただの恋人のような関係というだけに留まるしかない。

「話してください。誠人さんのこと」

有紗がそう囁《ささや》くと、誠人は口元に笑みを浮かべたが、すぐに真面目な顔になる。

「前にも言ったが、僕の両親は仲が悪かった。二人は家柄が釣り合うということで結婚したが、どうも最初から性格が合わなかったようなんだ。父は愛人をつくって母を蔑《ないがし》ろにした。だが、母は母で、金のためだけに結婚したのだと公言していた」

「公言って……言いふらしていたということですか？」

「誰の前でも言った。父の前でも、子供だった僕の前でも……。実際、いつも着飾って、遊び歩いていたようだ」

有紗はぞっとした。愛人のほうが先かもしれないが、そんなことを言われて、誠人の父もプライドを傷つけられたことだろう。

「僕は祖母に預けられて、育てられた。両親どちらも僕には関心がなかった。ただ、跡取りという意識はあったらしくて、父は時々やってきた。母は……ほとんど会いに来てくれなかった。何かのパーティーで親子三人仲良くやっているというアピールのためだけに借り出されて、顔を合わせることがあったくらいだ」

誠人は祖母という存在がなければ、一体、どうなっていただろう。父親に愛されて育った有紗にしてみれば、親がそれほどまでに子供に無関心でいられる気持ちが判らなかった。

誠人にとっては、幸恵は親以上に大切なのだ。だから、あれほどまでに優しく接している。そして、幸恵も誠人のことを気にかけていたのだろう。突然、訪ねてきた自分を家政婦として雇い、メイド服を着させて、心を癒すように仕向けたのも、そういう気持ちからの行動に違いない。

わたしは誠人さんの心を癒すことができているのかしら……。

それはまだ判らない。しかし、彼が有紗を恋人扱いしているところを見れば、少しは癒してあげられているのかもしれない。

「両親はあれだけ仲が悪かったのに、二年前、二人で車に乗っていたときに事故に遭ったんだ。皮肉なことだが」

「それから、ずっとこの家に……？」

「いや、僕は子供の頃からずっとこの家に住んでいる。両親はそれぞれ好きなところに住んでいたから。幸いどちらにも隠し子はいなくて、二人の財産はすべて僕が受け継いだ」

彼の父親にはずっと愛人がいたのだ。愛人との間に子供がいてもおかしくなかったかもしれない。もし腹違いの兄弟がいたとしたら、誠人はもっと傷つくところだった。お金の問題ではなく、心情的に財産をその子供と分けるのはきっと腹立たしかったことだろう。

「僕は財産のこともあって、女性から注目されることになった。つまり、結婚相手として理想的ということだ」

「誠人さんなら、財産なんかなくても……」

有紗は誠人に優しい眼差しで見つめられて、言葉を途切れさせた。

「君ならそう言ってくれると思ったよ」

彼の柔らかな微笑みは有紗の胸を熱くさせた。彼の魅力は決して財産なんかではない。祖母を大切にしているところだ。あれがあるから、自分がひどいことをされても、嫌いになんかなれなかったのだ。どんな女性に優しくするより、彼の人間性が優れていることを証明できる。

「もっとも、遺産を受け継ぐ前も、僕は金目当ての女性のターゲットだった。七條コーポレーションの跡取りとしてね。僕の母は金による裕福で気ままな暮らしが欲しくて、父と結婚したんだ。だから、その轍《てつ》は踏まないようにと、とにかく女性が寄ってくる度に、若いときから僕は警戒していた」

有紗は誠人の頑なな心はもうずっと前から形成されていたのだと思った。自分と付き合ったくらいで、彼はその心を完全に溶かすことができるのだろうか。もちろん、そうできればいいのだが。

「僕は六年前にある女性に出会った。彼女は美しくて聡明《そうめい》で、何より優しかった。いや、優しそうに見えた」

それはきっと彼の心を捉えた女性のことだろう。有紗の胸がズキンと痛んだ。

「僕は両親のことがあって、結婚には消極的だった。彼女のことは好きだったが、付き合うだけで満足していたし、家庭を作りたいとは考えていなかった。そんなとき……彼女が妊娠したと言ったんだ。だから、結婚を決意した。婚約したんだ」

彼にはかつて婚約者がいたのだ。昔の話をしているだけなのかもしれないが、その事実に、有紗は動揺した。

「彼女は高価な婚約指輪をねだってきた。結婚式も盛大なものにしようとしていた。ドレスも最高のものでないといけないと言い出して……。当時、今ほど金を持っていたわけではなかったから、それはできないと何度もはねつけなくてはならなかった。そのうちに、彼女は不満を口にするようになっていた。僕が父に頼めば、金を出してくれるのではないかと……。僕にしてみれば、とんでもない話だった。あれだけ自分をほったらかしにしていた親にだけは、絶対に頼りたくない。そのことを説明しても、彼女は判ってくれなかった。彼女はただうちの財産で、贅沢《ぜいたく》に暮らすことだけを夢見ていたんだ」

誠人の表情はそのときのことを思い出したのか、苦しいものになっていた。何年も前のことなのに、彼はまだ苦しみを味わっているのだ。有紗は彼を元気づけたくて、その頰にそっと口づけた。

誠人は有紗のほうを向いて、少し笑った。

「ありがとう。このことは、僕の口から話すのは、本当につらいことなんだ。でも、最後まで聞いてほしい。彼女は金目当てだと判った。そのことで口論しているうちに、彼女はふと口走ったんだ。本当は子供なんかできてないと」

「そんな嘘をついていたんですか……？　信じられない！」

彼が結婚に踏み切らなかったから、嘘を言ったのかもしれないが、それは卑劣な罠だ。

「そうだ。信じられないことだ。だが、彼女は金のために嘘をついた。彼女は誠実ではなかったんだ。僕は彼女との婚約を破棄した。あのときから、結婚なんて、もう考えられないと思った。女に騙《だま》されるくらいなら、結婚もしなくていい。子供もいなくていい。一生、一人のままでもいいと考えた」

だから、彼は結婚しないと、有紗にも告げたのだ。誠人には、世の中すべての女性が嘘つきで、金目当てに誘惑してくるとしか思えなかったのだろう。

「誠人さんはそれで心が傷ついたんですね……」

「傷ついていたのかもしれないが、自分では認められなかった。だから、女性に対して攻撃的になっていた。付き合っても、長くは続けない。結婚をほのめかされたら、すぐに別れた。祖母はそんな僕を心配して、この家に何かというと若い女性を連れてきては、何度も僕に会わせてきたんだ」

「お見合いのように……？」

「そうだ。だが、それでも誰にもなびかないから、どんな人がタイプなのかと訊かれた。そのとき、ちょうどテレビでメイドが出ているドラマが流れていて、ついこんなタイプだと言ってしまったんだ」

ああ……それで！

幸恵がどうしてメイドにこだわったのか、やっと判った。そして、メイド服を着た自分が、誠人からどう思われていたのかも。彼にしてみれば、幸恵に送り込まれた花嫁候補にしか見えなかったのだ。

しかも、彼は、女はみんな金目当てだと思い込んでいる。有紗が誘惑しているのだと誤解したとしても、仕方のない状況だったのだろう。

「最初、ここに来たときに、お祖母様から言われたんです。誠人さんはメイドが好きだから、可愛いメイド服を着て、癒してあげてほしいと」

「まあ……君のメイド服姿は強烈に可愛かったからね。確かに、ひそかに癒されていたよ。誘惑されまいと、懸命に気のないふりをしていた僕でさえも」

そう言ってもらえると、有紗もメイド服を着ていた甲斐《かい》があったと思える。彼が祖母を煙《けむ》に巻くためだけに、メイド服を着た女性が好きだなどと言っていたと聞いて、自分がしてきたことに意味があったのかと考えるところだった。

「僕は女性が信用できなくて、確かに傷ついていた。だが、君を不当な理由で貶《おとし》めたことの言い訳が、それでできるとは思わない。君の魅力に負けたくせに、一方的に君を攻撃した。本当に恥ずべきことをしたと……」

誠人は本気なのだ。好きだと告白してもらっても、どこか信じられない部分もあったが、今の話を聞いてすっきりした。そして、彼は心から有紗への仕打ちを悔《く》いているのだ。それが判れば、もう疑う気持ちなどない。

それどころか、誠人にとっては心の傷をここまで晒してくれたことに、有紗は感動していた。こんなことを話すのは、本当はつらいことだったろうに。

「もう、いいんです。誠人さんの気持ち、これでやっと判りました」

有紗はきっぱりと言った。そして、にっこりと笑いかけた。

「わたし、こんな格好で誠人さんの腕に抱かれているんですよ。そんな話、もういいじゃありませんか」

自分を見つめる誠人の瞳が燃え上がった。今までとは違う眼差しを向けられ、たちまち身体が熱くなってくる。

「今の話を聞いても、まだ僕のことを好きでいてくれるかな？」

「もちろんです！　さっきよりずっとあなたのことが好きになりました」

有紗は彼の首に抱きつき、顔を寄せると、唇を触れ合わせようとした。そのとき、浴槽にお湯が溜まったと知らせるブザーが鳴る。

「あ……お風呂に入るんですよね。わたし、邪魔ですね」

有紗は彼の膝の上から下りようとしたが、誠人に押し留められた。彼は有紗の身体を抱き上げると、今度は脱衣所へと連れていく。

「わたし……」

ここに連れてきたということは、やはり一緒に風呂に入ろうという意味なのだろう。しかし、有紗はまだそこまで彼の前で裸を晒すことに慣れてはいなかった。恥ずかしいという気持ちが、どうしても先に立ってしまう。

「頼む。君の髪が人魚のようにお湯の中で広がるところが見たいんだ」

昨夜も彼は有紗を人魚にたとえていた。有紗自身はそれを見せたいとは思わなかったが、頼むとまで言われたら、断りづらい。そもそも、すでに裸に見られている。

有紗は大きく息を吐きだした。

「……判りました」

やっと決心して、自分の服に手をかけた。手が震えているが、なんとか脱ぎ始める。誠人は有紗が服を脱ぐのを凝視していたが、はっと我に返って、自分の服を脱ぎ捨てた。

有紗は恥ずかしくて、彼の裸をまだまともに見ることができなかった。だが、どうしても気になってしまって、脱いでいるところをちらちらと見る。それに気づいて、誠人はにやりと笑った。

「ちゃんと見ていいんだよ」

「だって……」

股間のものが主張している。有紗は気になるのに、どうしてもそこに視線を向けることができない。

「本当に……そういうところも好きなんだ」

誠人は我慢できないかのように有紗を抱き上げた。裸になってまで抱き上げられるとは思わずに、有紗は戸惑った。

誠人は有紗を抱いたまま、浴槽に入った。身体を洗ってから浴槽に入るのがマナーだが、今夜はどうせ二人きりだ。

浴槽はとても広々としていて、二人で入っても、少し狭いと感じるくらいだ。二人は向かい合わせに座った。

誠人はシャワージェルのボトルを手に取り、お湯に中身を入れると、ジャグジーのボタンを押した。すると、たちまちお湯が攪拌されて泡だらけになり、立派な泡風呂となった。

「アメリカの映画みたいですね！」

有紗は泡を両手ですくって、にっこり笑った。

「シャンパンのボトルとグラスでも用意しておくべきだったかな」

そんなものがなくても、充分にロマンティックだ。フレンチレストランに連れていってもらったのも嬉しかったし、今日はまるで昨日の埋め合わせをするかのように、誠人が気を遣ってくれる。

しかし、たとえ何もなかったとしても、誠人の気持ちだけで嬉しかった。

「ジャグジーに、こういう使い方があるとは知りませんでした」

「君はたぶん今までこのジャグジーのボタンを押したこともなかっただろう？」

「どうして判るんですか？」

有紗は目を丸くして尋ねた。

「君は真面目だからね。だいたい想像できる。家政婦の自分は仕事の都合上、ここに住み込んでいるだけで、お風呂でジャクジーなんか楽しんではいけない……とか、考えたんじゃないかな」

あまりにも彼の考えたとおりだったので、有紗は驚いた。

「わたしって、そんなに判りやすいですか？」

「そうだね。できることなら、出会った最初の日に時間を戻したいくらいだ。今くらい君の気持ちが判っていたならよかったのに」

誠人はまたジャグジーのボタンを押して、お湯の動きを止めた。そして、腕を伸ばして、両手で有紗の頬を包んだ。長い髪の半分は泡に浸かっている状態になっている。それを彼は満足そうに見て、微笑んだ。

「ヴィーナスって、泡から生まれるんだったかな」

「人魚は死んだら泡になるそうですよ」

「じゃあ、今はヴィーナスということにしておこう。すごく綺麗だよ」

誠人は掌を滑らせて、有紗の胸の膨らみを手で覆った。乳房は泡に隠れて見えないが、彼の手に触れられて、たちまち先端が硬くなってくる。

「あ……ん」

乳首が指の間に挟まれて、擦られていく。穏やかな快感に、有紗は目を閉じて、思わず背を反らした。胸を突き出すようなポーズになってしまっている。触ってほしいと、まるでねだっているようでもあった。

刺激されているのは胸なのに、何故だか脚の間が熱くなってくる。一緒に風呂に入ると決めたときから、こんなふうに触られることは考えていたが、こんな場所で自分が感じるとは思わなかった。

「有紗……」

誠人は有紗を抱き寄せて、自分の太腿の上に跨らせた。彼の股間のものが下腹部に当たり、自分がしている格好が恥ずかしくなってくる。誠人は有紗の表情を見て、優しげに微笑んでいる。彼にはきっと自分の気持ちがお見通しなのだろう。

有紗は彼の肩に両手をかけた。胸の先端が彼の胸板に擦れている。それが心地よくて、たまらなかった。

誠人に引き寄せられて、唇が重なる。彼は有紗の唇を舌で舐めると、中へと侵入してきた。舌が絡み合うと、有紗は彼の肩にしっかりと抱きついて、自らキスを深くしようとしてしまう。

キスだけじゃ物足りない。身体全体で彼とこんなふうに絡み合いたい。

有紗は自分の胸を彼の胸に押しつけ、擦るように少し動いた。自分から誘っているような仕草で、それを恥ずかしく思ったが、どうにも我慢ができなくなっていた。

そうするうちに、彼の手が有紗の肩から背中へ、そして腰のほうへと移動していく。お尻を撫でられて、ビクンと腰を揺らしたが、その手は更にお尻の下から脚の間をくぐっていく。

「んっ……」

秘裂を撫でられる。すでに熱くなっていたそこは、彼の指にすぐに反応した。指が花弁の形をなぞっている。有紗はドキドキして、その指の行方を頭の中で辿っていた。

唇が離れた。有紗は敏感な部分に触れてもらいたくて、彼が触りやすいように腰を浮かす。すると、彼の指が大胆にそこに触れてきた。

「あっ……あん……」

「ここに触ってほしかった？」

そこを指先でつつかれて、有紗は身体をビクビクと震わせた。

「はぁ……ぁぁっ……」

誠人の肩にしがみつき、胸を擦りつける。甘い疼きに全身が侵されて、自分が浴槽の中にいるという事実も忘れそうになっていた。

花弁をかき分けて、指が一本侵入してきた。有紗の脳裏にちらりと昨夜の出来事が浮かんだ。指どころではなく、もっと大きなものを挿入された。あのときの灼熱の一瞬を思い出し、有紗は自分で腰を動かした。

敏感な部分とそこを同時に刺激されている。どちらも気持ちよくて、有紗はあまりの快感に思わず涙ぐんでしまった。

「もう……わたし……」

「もう、やめたい？」

彼は優しい調子でそんなことを尋ねてくる。彼のものだって、こんなに硬くなっている。今更、やめようにもやめられない状態になっているはずだ。

有紗は涙を溜めながら、頭を振った。

「入れてほしいの……っ」

ここがそんなことをする場所でないことは、よく判っている。けれども、自分の中ではもう止められなかったし、始めたのは誠人のほうだ。

「もう……入ってるよ？」

誠人は意地悪く、有紗の中で指を動かした。もう二本も挿入されている。けれども、それでさえも、まだ足りないと思ってしまうのだ。

「そうじゃなくて……誠人さんの……」

有紗はそこまで言って、急に恥ずかしくなる、彼の肩に顔を埋めた。

「僕のを入れてほしいんだ？」

耳元で囁かれ、有紗はそっと頷いた。恥ずかしくてたまらない。それでも、身体はまるで燃えるように熱くなっていて、とにかく彼を求めていた。

「可愛いよ、有紗」

彼は有紗の耳にちゅっと音を立ててキスをした。

「じゃあ……もう少し腰を浮かせて。そう、そんなふうに……」

秘所に猛《たけ》ったものが押し当てられる。

「そのまま腰を下ろして……」

「こ……怖い……」

自分でそれを中に迎え入れるほど、この行為に慣れているわけではないのだ。

「大丈夫。もう痛くないんだ。初めてじゃないんだから」

有紗はそろそろと腰を下ろしていった。不思議なほどに、するりとそれが自分の内部に呑み込まれていく。

「……嘘。こんな……っ」

「現実だよ。君はもうバージンじゃない。いくらだって、セックスを楽しめる」

セックスを楽しむという言い方は、なんだか嫌だった。有紗にしてみれば、これは特別なものだ。相手が誠人だから、すべてを捧げた。確かに彼と身体を重ねることは嬉しいが、楽しんでいるという表現は、なんとなくそぐわない。

それとも、誠人のほうは、この行為を楽しんでいるのだろうか。

彼が有紗の身体を抱き締め、腰を動かしてくると、もうあれこれ考え事をしている余裕はなくなっていた。

「あっ……あん……あっ……」

自分の甘い声がバスルームの中で反響している。声を抑えようとするものの、どうにもならない。自分の内部に硬いものが擦れていく感覚がたまらなかった。

奥まで挿入されたときの衝撃が下腹部から全身へと広がっていく。それが繰り返されて、有紗は自ら腰を動かしていた。

「気持ち……いい？」

「奥が……奥がいいのっ……」

気がつけば、有紗は主導権を握っていた。お湯が周囲に飛び散っているのも気にせずに、夢中で腰を振っている。

やがて、局部が熱く痺《しび》れてきて、どうしようもないほど淫《みだ》らな気持ちになる。もう我慢ができない。

「ああっ……もう……」

ぐいと肩を引き寄せられて、キスをされる。舌が絡むのと同時に、有紗は絶頂へと押しやられていた。彼もまた有紗の奥で熱を放った。

身体も心も蕩《とろ》けてしまっている。唇が離れると、有紗は彼の肩に顔を伏せた。彼は有紗をぎゅっと抱き締めて、二人とも余韻《よいん》を味わった。

「わたし、こんなところで……」

「ああ。僕もまさか……。そういうつもりで風呂に誘ったんじゃないんだ。でも、我慢できずに……」

誠人は有紗の背中を優しく撫でた。有紗はずっとこうして二人で繋がっていたいくらいだった。あまりにも気持ちよくて、夢中になってしまった。

ふと、誠人の手が止まった。身体に力が入り、強張る。

「僕は今……」

「え、どうかしたんですか?」

顔を上げて、誠人の表情を見る。彼は愕然《がくぜん》としたような顔をして、有紗を見つめていたが、やがてぎこちなく笑った。

「いや……なんでもない。もういいんだ。それはそれで……」

有紗は意味が判らず、首をかしげた。すると、誠人は優しげな笑顔に変わる。有紗の髪を指で梳いて、背中へと流すと、また抱き締めてきた。

「有紗……君のこと、ずっと大事にするよ」

彼の囁きが嬉しくて、有紗はそれきりそのことを忘れてしまった。

第五章　すれ違い

数日後、誠人《まこと》は会社の執務室で、書類を前にして、他のことばかりを考えていた。

考えるのは、有紗《ありさ》のことばかりで……。

いや、こういう状況はよくない。しっかり仕事に集中しなくては。それに、集中して終わらせれば、早く有紗に会えるのだ。

誠人は六年前の婚約解消の後、女嫌いという噂を流されたことがあった。というのも、付き合っても、すぐに別れるからだ。決して本気になんかならない。そのわりに、次から次へと、女を代えるわけではなかった。

付き合うときは慎重にする。自分はただ楽しむためだけに付き合うのだという話は、前もってしておく。結婚なんてする気はないと。それでも、相手が本気になってきたら、冷たい態度で別れを切り出した。いっそ、最初から付き合わなければよかったと思うことも、しばしばだった。

思い返せば、きっと自分はそんな女性達の心を傷つけていたのかもしれない。有紗のことを知れば知るほど、そんなふうに思うようになっていた。しかし、過去のことはもうどうしようもない。とにかく、有紗だけは大事にしようと心に決めた。

祖母が旅行に出かけてから、この五日間ほど、誠人の頭の中は有紗が占めていた。早くも結婚というゴールがちらついている。今まで結婚なんてとんでもないと思っていた。だが、今は違う。彼女が小さな子供に囲まれているところまで浮かんできてしまう。彼女はいい母親になるだろう。間違っても、子供をよその家に預けて、遊び歩くような母親になるはずがなかった。

そして、有紗の子供なら、とても可愛いだろう。誠人は子供部屋やおもちゃのことまで考えていた。

バスルームで彼女を抱いたとき、うっかり避妊《ひにん》を忘れてしまったから、子供ができてないとも限らない。もちろん、そんなつもりでバスルームに誘ったわけではなかったし、ただ夢中になった結果とはいえ、責任は自分にあると思っている。

だからといって、責任を取るために結婚を考えているわけではない。有紗と結婚したいから、たとえ子供ができていたとしても、それはそれで構わないのだと思った。

しかし、有紗はまだ若い。今、結婚してもいいのかどうか迷うところだ。彼女を手放すつもりはないが、もう少し社会経験を積ませたほうがいいかもしれないと思うのだ。それが彼女のためになると。

だが、一方で、彼女を独り占めにしたい気持ちもある。他の男と接するような仕事はよくない。女性ばかりの会社はないだろうか。女子校か何かのように、男が一人もいない環境に置いておきたい。

いや、いっそ結婚してから、社会に出すというのはどうだろう。有紗が浮気するとは思えない。薬指に指輪をはめてからなら、安心できるかもしれない。

誠人の妄想《もうそう》は限りがなかった。今は仕事中だというのに。デスクの前でこんな妄想にふけっているとは、続きの部屋にいる秘書は考えもしないだろう。

昨夜、有紗は親戚の家に呼ばれたということで、泊まりにいってしまった。何か大切な用事があったらしい。今夜は一緒に過ごせると思うと、それだけで落ち着かなくなってくる。

ふと、気がつくと、携帯電話が鳴っている。学生時代の友人からだ。彼は信頼できる男で、大学を卒業してからも、ずっと親しく付き合っている。

「どうしたんだ、高梨《たかなし》？」

『おまえが調べてくれと依頼した件だよ』

高梨は探偵会社のオーナーだった。有紗が家政婦となったとき、身元をしっかり確かめようと思って、依頼していたのをすっかり忘れていた。

「いや、あれはもういいんだ。悪かった。ストップをかけるのを忘れていて」

『……いいのか？　新事実が発覚したんだが』

「新事実……？」

誠人の脳裏《のうり》に、昔の悪夢が甦ってきた。元婚約者の嘘が発覚したとき、彼女に抱いていたすべての幻想が剝《は》がれていった。だが、有紗は特別だ。有紗が嘘をついていたはずはない。

そうだ。そんなはずは……。

まさかと思いながらも、誠人の心は動揺していた。

また僕は裏切られるのだろうか……？

信じていたものが崩れ去っていくのを、目の当たりにするのは嫌だ。しかし、真実は知らねばならない。たとえ、それがどんな残酷《ざんこく》な言葉でも、逃げるわけにはいかなかった。

「どんな事実なんだ？」

やがて、誠人の耳に、自分を打ちのめす言葉が聞こえてきた。

有紗は夕食の準備を終え、誠人が帰ってくるのを待っていた。

昨日は親戚から電話がかかってきて、どうしても手を貸してほしいと頼み込まれて、仕方なく店の手伝いに行ってきた。正直なところ、それほど好きな仕事ではないから、本当は行きたくなかった。けれども、父を看病しながら収入を得ることができたのは、あの仕事のおかげだから、文句は言えない。親戚にも恩義があると思うから、断れなかった。

あの仕事をしているのを、誠人はきっと嫌がるだろう。それが判っていたから、ずっと内緒にしていたのだ。

けれども、それは、こうしてまた仕事をすることになるとは思わなかったからだ。やはり、本当は昨日のうちに打ち明けておくべきだったかもしれない。いや、もっと前に言ったほうがよかったかもしれない。だが、誠人がなんと思うだろうか。

彼は有紗のことを誤解していた。有紗がしていた仕事は、彼の誤解をまた生むことになるかもしれない。嫌われたりするくらいなら、いっそ黙っていたほうが……。

いや、彼は有紗のことを正直だと思っている。嘘はついていないのだと。嘘はついていないが、ごまかしているのは事実だ。だが、事情を話せば、きっと判ってくれるはずだ。自分は恥ずべき仕事をしてきたわけではない。法律にも触れていない。ごく真っ当な仕事をしていただけだ。しかも、働いていたのは、親戚の店なのだから。

後から誠人に知られてしまって、新たな誤解を生むよりは、今のうちに打ち明けておいたほうがいい。もしかしたら、彼には偏見《へんけん》があるかもしれないが、説明すれば理解してくれるだろう。

彼は冷たい人ではないんだもの。わたしを好きだって言ってくれたのに、わざわざわたしを悪く思いたいはずはないわ。

そう考えたが、少し不安はある。それでも、話すなら早いほうがいい。今夜……そう、今夜話そう。手伝いに行った親戚の店の話から入ればいいのだ。

しかし、誠人はなかなか帰ってこなかった。

昨夜は働いていたから判らないが、一昨日もその前も彼は早く帰ってきた。もちろん、彼は仕事で遅くなることもあるだろう。付き合いだとか、接待だとか、ビジネスディナーだとか、いろいろ用事があってもおかしくはない。けれども、今朝早くに電話したときは、遅くなるとは言わなかったし、それどころか早く会えるのを楽しみにしているとも言っていた。

それに、夕食がいらないときは、いつも電話をしてくれていた。それは、こんな親密な仲になる前からずっとそうだった。

ひょっとして、何があった……？

まさか事故なんて……。

有紗はリビングをうろうろしていたが、そのうち玄関を歩き回った。手には携帯電話を握り締めている。彼の携帯番号は知っているし、かけてもいいと思うのだが、仕事中だったら迷惑になる。

でも……。

時計を見ると、もう十時近くになっている。思い切って電話をしてみたが、繋がらない。電源が切ってあるようだった。

しかし、もし事故でも起こったのなら、自宅に電話がかかってくるだろう。そうでないということは、事故なんかではなく、ただ何か仕事の用事で帰れないだけなのかもしれない。

でも、それなら、誠人さんがわたしに電話してくれるはずじゃ……？

電話なんて一度もかかってきていない。もちろんメールも届いていなかった。しばし玄関でうろうろしていると、車が前庭へと入ってくる音がした。有紗は慌てて玄関の扉を開く。

誠人をいつも送り迎えしている黒い車が玄関ポーチの前に停まった。運転手が後部座席のドアを開けると、誠人が降りてきた。ちょっとよろけたところを見ると、少し酔っているように見える。

よかった……。無事だった！

有紗は彼に駆け寄った。本当は抱きつきたいが、運転手がいるのに、そんな真似はできない。

「お帰りなさい、誠人さん！」

声をかけたが、彼はそれを無視して、有紗の横を通り過ぎた。家の中へと入っていく彼を見て、嫌な予感が胸を過ぎる。ぽかんとして車の横に立っている彼の運転手に挨拶をして、有紗は彼を追い、玄関へと足を踏み入れた。

誠人はさっさとリビングへと向かっている。有紗は彼の背中に声をかけた。

「あの……今日はどうしたんですか？」

「どうしたかって？」

彼は振り向いた。その眼差しは凍てつくように冷たくて、有紗は目を見開いた。彼は何かに怒っている。激怒しているようだ。

そんな……。

誤解は解けたはずじゃなかったの？

有紗を誤解していたときより、今の彼の態度はもっと冷たい。それに、どうしてこんなに怒っているのだろう。

有紗はわけが判らなかった。

「酔《よ》ってらっしゃるんですか？」

「そうだな。酔っているさ。酔わずにはいられなかった。自分の馬鹿さ加減に」

誠人は有紗の肩を乱暴に引き寄せると、ソファに連れていき、一緒に座った。だが、それは恋人らしい振る舞いには思えなかった。彼の動作には優しさや思いやりは感じられなかったからだ。

彼はブリーフケースから大型封筒を出し、その中身をテーブルの上に置いた。そこには、書類の他に、何枚もの写真があった。

有紗はそれを見て、息を呑んだ。

それは、有紗自身の写真だった。恐らく昨夜、撮られたものだろう。完璧なヘアメイクをした上に、華やかなドレスを身に着けている自分が、にっこり笑って、水割りを客に差し出しているときの写真だった。

「君の言う親戚の店の手伝いが、高級クラブのホステスだなんて思いつきもしなかった」

誠人は軽蔑《けいべつ》したように言った。有紗は何枚もの写真を手に取り、呆然としながら、それを眺めた。

どの写真にも有紗が写っている。誠人は探偵を雇って、自分を尾行させていたのだ。つまり、彼は恋人だと言いながら、自分をまるっきり信じてもいなかったのだ。

有紗は呆然としていた。秘密にしていたことがバレてしまった衝撃もある。誤解を受けたことに対する悲しみもある。しかし、それ以上に、信用されていなかったことに、ショックを受けていた。

写真は、普段着の有紗がかつての行きつけの美容院に入り、綺麗に変身して店を出てきたところや、クラブに入るところ、店内の隠し撮り、それから、店内に飾ってある有紗の写真を写したものもあった。それはほぼ一年前の写真で、まだ父が生きていた頃に撮られたものだ。

「今日、この店に行ってきたよ。ナンバーワンだったんだって？　舞香《まいか》ちゃん？」

誠人は有紗の源氏名《げんじな》を口にした。

「今はナンバーワンじゃありません。やめて、もう二ヵ月は経ちますから」

昨夜、どうしてもと頼まれて店に出たのは、店にとって大事な客が舞香に会いたいと言い続けたためだった。自分ではもうやめたはずの仕事だったが、苦しいときに世話になった人のために、昨日は店に出たのだ。

「二ヵ月といえば、君のお父さんが亡くなった頃じゃないか。君は病気のお父さんを放っておいて、こういう派手な仕事をしていたのか？」

有紗はきっと顔を上げて、誠人を睨んだ。

「昼間、父とはなるべく一緒にいたかったから、夜の仕事を選んだんです。それのどこが悪いんですか？　このお店は母方の叔父の店なんです。父の治療の費用が必要だったから、懸命《けんめい》に働きました。父が嫌がっていたから、ホステスではなくて、別の仕事をさせてもらっていると嘘をついてました。でも、それは悪いことなんですか？」

少なくとも、あのとき、自分に恥じることは何もなかった。嘘は父を安心させるためだった。その他のことも、すべて父のためだったのだ。

「……君の叔父さんは治療の費用を出してくれなかったのか？」

「貸してあげると言ってくれました。でも、高額でしたし、とても頼れませんでした。それより、お店で働かせてもらったほうがいいと思ったんです。だから、できるだけ頑張って働きました」

有紗は自分がホステスとして働いていたことの事情を説明した。しかし、誠人はとてもそれで納得しているような顔はしていなかった。

冷めたような表情で、有紗を見ている。有紗の胸は絶望に押し潰されそうになっていた。やはり、彼はもう信用してくれていない。明らかに自分は彼の信頼も優しさもすべて失ってしまったのだ。

「確かに頑張ったんだろうね。ナンバーワンになるくらいだから」

彼は何か含むところがあるような言い方をした。

「それで……『舞香』ちゃん、教えてくれないか？　どうやって客と寝ないで、ナンバーワンになれたんだ？」

その言葉は有紗の胸を氷の刃《やいば》となって切り裂いた。写真を持つ手がぶるぶると震える。

「わたし……お客様と個人的にお付き合いしたことはありません。それに、ホステスがお客様と親密な関係になると決めつけるのは、おかしいです！」

「個人的に付き合わないって？　そんな馬鹿なことがあるわけがないだろう？　同伴出勤もしたことないと言うのかい？　デートしたことがないとか、手を繋いだこともないとか……よく僕を平気な顔で騙《だま》したな？」

「あれは……本当です！　信じてください！」

有紗は血を吐くような想いで叫んだ。

信じてほしい。だって……彼を愛しているんだもの。

恋人として付き合った数日のうちに、好きだという気持ちは、愛情に変化していた。しかし、その途端、皮肉にも前の仕事のことがバレてしまったのだ。

「わたし……昨夜のこと、今日、話すつもりでした。誤解されるかもしれないけど、わたしは誰にも後ろ指を差されるようなことはしていないから……。説明すれば、きっとあなたも判ってくれるはずだって……」

「何を判れと言うんだ？　高級クラブのナンバーワン・ホステスが奇跡的に処女だった理由か？」

「誠人さん……！」

彼は唇を歪めて自嘲《じちょう》気味に笑った。

「君は僕を罠《わな》にかけた。君は自分のバージンを一番高く売りつけられる相手に、売ったんだよ。つまり、そういうことだろう？」

有紗は愕然《がくぜん》とした。

彼はまだ有紗が金目当てだと思っているのだ。いや、ホステスだと聞いて、そう思ったのだろう。有紗が自分の客を値踏みしていて、その誰よりも誠人が金持ちだから、罠にかけるために処女を捧げたのだと思っているのだ。

「違います……。どうして、そんなふうに思うんですか？　誠人さんはわたしの気持ちが判るって言っていたでしょう？　それなら、判るはずです。わたしが嘘をついているかどうか……」

「君は嘘をついていたじゃないか。いや、嘘じゃないか。巧妙《こうみょう》にごまかしていただけだな。親戚のお店のお手伝いなんて言い方をして。でも、そんなふうに僕をごまかしていた君を、今更信じる気はないし、君の気持ちが判っているなんていうのも大きな間違いだったということが、よく判ったんだ」

何を言っても、誠人は考えを変える気はなさそうだった。有紗の心はずたずたに引き裂かれていた。もう元には戻れない。初めて恋をして、初めて失恋をした。父以外の人で、初めて好きになった人なのに……。

まさか、こんな形ですべてを失うとは思わなかった。

今日、夕食を作っているときまで、あんなに幸せだったのに……。

涙が頬を流れていく。だが、誠人はそれを見て、素っ気なく言った。

「もう君の涙なんかに騙されない」

それは心を抉《えぐ》る言葉だった。

有紗は涙を手で拭き、立ち上がった。

「判りました。それほどまでにおっしゃるなら……もうここにはいられません。すぐに荷造りをして、出ていきます！」

「家政婦をやめて、元の仕事に戻るんだな？　僕と結婚できそうにないなら、ホステスに戻るほうがずっと実入りがいいに決まっている」

誠人も立ち上がり、有紗の腕を摑んだ。恐ろしいほどの力で、有紗は顔をしかめた。

「痛い……！　放してください！」

「嫌だ。放さない」

彼は真顔だった。だが、恐らく酔っているから、こんな力で自分の腕を摑んでいるのだ。

「あなたは結婚しないと言っていたのに、どうしてわたしがあなたとの結婚を狙っているということになるんですか？」

「いや……。僕は結婚する気だったよ。君に騙《だま》されていたと判るまでは」

有紗は今日何度目かの衝撃を受けた。だが、彼が何を考えていたにしろ、もう何もかも消えてしまったのだ。彼にはもう信じてもらえない。恋人どころか、家政婦としても失格ということになるのだろう。

「誠人さん、わたしは……」

「君はもちろん僕との結婚を目論んで、この家にやってきたんだな？　君は僕だけでなく、んですから」

祖母も騙したんだ」

「そんなことはしてません……。わたし、お祖母様にはちゃんとここへ来た目的を話した

「まさか、玉の輿《こし》に乗りたいと言ったわけじゃないんだろう?」

誠人は鼻で笑った。

「違います。わたし……父との約束があったから、ここへ来たんです」

有紗は父と誠人の祖父の間にあったことを話した。

「何かお役に立ちたいから、困っていることはありませんかとお尋ねしたら、メイド服を着て、家政婦をしてほしいと言われました。誠人さんがメイド服をお好きだから、それで心を癒してあげてほしいと」

メイド服が好きだという話は、本当は誠人のでっちあげだったが、そのときは知らなかった。有紗は幸恵《ゆきえ》に言われるままに、家政婦になることを承諾していたのだ。

「つまり、君は僕の心を癒すために来たわけだ? お父さんとの約束のために。君はそんな話も今まで正直にしてくれなかったね?」

誠人にしてみれば、ここへ来た動機さえも、有紗が隠していたことの一部ということになるのだろう。

「わたし……そんなことが問題になるとは思わなくて。別に隠そうとしていたわけじゃありません」

誠人に冷たくされていたときは、そんなことを話す雰囲気ではなかったし、親しくなってからは、それどころではなかっただけだ。それに、自分がここへ来た目的の大半は、誠人との新たな関係のせいで忘れていたのだ。

「そうかな？　僕にはそれも裏切りに思えるよ。君は嘘つきではないかもしれないけど、真実を上手く隠していた。それだけでも、僕が君を信用できない理由になる」

結局、どうあっても、誠人は有紗を信用する気にはもうなれないのだろう。誤解を解くだけでも大変だったのだ。彼の心が閉ざされた以上、有紗が何を説明しても、頭から疑ってかかっている。

すべて包み隠さず正直に言えばよかったのだろうか。しかし、それでは、嫌われたままだっただろう。彼が心を開くことさえなかったはずだ。

有紗の心は悲しみに包まれた。好きだと言ってもらえて、恋人としてデートもしてくれた。彼の気持ちをやっと信じることができて、自分でも恋人同士だと信じられるようになった矢先に、こんなことになるなんて……。

また泣きたくなったが、それを嘲笑われることは、もう耐えられそうになかった。

彼はきっと、最初の目的はともかくとして、結局は玉の輿目当てで彼を誘惑したと信じている。高級クラブのホステスだったことが、そう思わせているのだ。

信じてもらえないことを、これ以上言っても仕方がないだろう。有紗はただ謝ることしかできなかった。

「ごめんなさい……」

「謝ったところで、君の言葉には価値がない」

誠人はまだ有紗の心を傷つけようとしている。謝ることも許されないなら、一体どうすればいいのだろう。黙って去るのが、一番賢いのだろうか。だが、彼がこうして強い力で腕を摑んでいるから、それもできなかった。

「わたし、どうすれば……」

「謝罪の代わりに、最初の目的を果たしてもらおうか。つまり、僕の心を癒してくれればいい」

有紗は彼の言いたいことが判らなかった。メイド服は好きではなかったのだろうし、今更、この格好を見ても、特に心が癒されるわけではないだろう。それに、信頼もされていない自分がここにいても、彼の心を苛立《いらだ》たせるだけだと思う。

「意味が判らないかい？　簡単なことだ。僕が君に求めるのは、その身体だけだ」

有紗は大きく目を見開いて、彼が腕から手を放した隙に、思わず後ずさりをした。

「だって……誠人さんはもうわたしのことを信じてもいないのに……」

「信じていなくても、セックスはできる。ただし、それは恋人としてじゃない。……そう、愛人としてかな」

その言葉の響きに、有紗は今日何度目かのショックを受けた。彼がこんなことを言い出すとは信じられない。

「君にはふさわしい処遇じゃないか？　僕はこれで心も身体も満足できる。君はこれでお父さんとの約束が果たせて、心置きなくここから出ていくことができるんだ」

ここから出ていく……。

それは有紗が自分で口にしたことだった。だが、ここから出ていけば、もう二度と誠人には会えなくなる。二度と彼と口づけを交わし、身体を重ねることもない。もちろん、信じてもくれない彼との間に愛情はないだろうから、ここにいてもつらいだけなのは判っている。

でも……。

ここに留まれば、ひょっとしたら彼の気持ちも変わるかもしれない。また信じてくれて、好きだと言ってもらえるかもしれない。

わずかな望みに賭けるかどうか、有紗は迷った。逆に、今以上に傷つけられることも考えられる。それくらい、彼の怒りや軽蔑《けいべつ》は凄《すさ》まじいものだ。

有紗の心は揺れた。

「さあ、どうするんだ？　僕の愛人になる覚悟はあるか？」

彼に詰め寄られて、有紗は小さく頷いた。こんなことを選択する自分を、父はきっと天国で怒っていることだろう。それでも、まだ誠人から離れられない。彼とキスしたい。抱かれたい。

そして、もう一度、好きだと囁いてもらいたい。

有紗は思い切って顔を上げ、誠人と視線を合わせた。彼の眼差しはまだ冷たいが、その奥には別の炎が揺れているようだった。

「それなら……早速、愛人として働いてもらおうか？　君はマッサージが得意だったな」

彼は上着を脱ぎ、ネクタイを引き抜くと、テーブルの上に放り投げた。

「はい……。肩を揉めばいいんですか？」

誠人は唇を歪めて笑った。

「愛人に肩を揉んでもらってどうするんだ？　別のマッサージに決まっているだろう？」

彼は自分の股間に手をやった。どんなマッサージを望んでいるのか気がついて、有紗は愕然《がくぜん》とした。ついこの間、彼のものに初めて触れたが、触れただけで何もしていない。どうしたらいいのか判らなかったし、彼も特別に何か要求もしてこなかった。それなのに、愛人という立場になれば、そんなことをしても当然だと思われているのだろうか。

「その前に、その服装はよくないな」

有紗は自分のメイド服に目をやった。別に好きではないだろうが、今まで嫌いだとも言っていなかったのに。

「じゃあ、何か別のものに着替えてきます」

「場所を移動する必要はない。ただ、脱いでもらいたいだけだから」

彼の静かな声は、有紗に恐れを抱かせた。彼はそんな冷静な声を出しながら、復讐《ふくしゅう》のために、有紗をとことん辱めようとしているのだ。怒りに任せて、罵倒《ばとう》されたほうが、まだましだった。

「……ここで脱げと？」

「そうだ」

有紗は身体が震えてきた。怖くてたまらない。けれども、自分は愛人としてでも、ここに残ることを選んだ。それなら、彼の言うことを聞かなければいけない。

震える手でエプロンを取り去った。そして、後ろに手を回し、背中のファスナーを下ろす。ワンピースがすとんと床に落ちると、あっけなく下着姿になった。

「全部脱ぐんだ。……そうだな、靴下以外は」

どうして靴下はそのままなのだろう。不思議だったが、彼の指示どおりに脱いだ。ブラジャーとパニエを取り去り、ぎこちなくドロワーズとショーツを下ろして、足首から抜くと、靴下だけを身に着けた姿となった。

彼の視線が痛い。ベッドルームやバスルームで裸になってはいても、リビングで脱いだことは一度もない。有紗は手で身体を隠したかったが、彼がそれを嫌がるだろうということも判っていたから、じっと耐えていた。

「エプロンだけ着けるといい」

裸にエプロン……？

有紗の頬はさっと赤くなった。だが、何も着ていないより、エプロンだけでも身体を隠せるものが許されたのは嬉しかった。

床に落ちたエプロンを拾うと、手早くそれを着けた。とりあえず、前からは大事なところが隠れている。有紗は自分の姿を見下ろして、ほっとした。

「さあ……じゃあ、マッサージを始めてもらおうか。ここに跪《ひざまず》いて」

彼はわざわざテーブルを押しやり、有紗が屈めるスペースまで作ってくれた。有紗は言われたとおりにそこに跪いて、彼のズボンの股間にそっと触れた。そこはすでに硬くなっている。有紗は唇を噛み、ベルトを外すと、そこを寛《くつろ》げた。下着の中からそっと彼のものを取り出した。

熱く脈打っているものを、有紗はぎこちなく握った。どうすれば、彼は気持ちよくなるのだろう。

「お芝居はもういいよ。こんなサービスくらい、したことはあるんだろう？」

彼の苛立たしげな言葉で、有紗は凍りついた。デートなんかしたことがないと言った有紗を、彼はまるっきり信じていないのだ。仕方ないとはいえ、本気でそう思われていることに、有紗は呆然とする。

「わたし……本当に……したことないんです」

「嘘はつくな。君がいくら清純なふりをしても、もう騙されない。君は高級クラブのナンバーワンのホステスだったんだ。処女だったとしても、男を惑《まど》わす手練手管《てれんてくだ》は身につけていたはずだ。君の可愛い口で、男のものを愛撫《あいぶ》したことがないなんて言わせない」

「口で……？」

有紗は仰天した。自分がそんなことを期待されているとも考えていなかったのだ。彼はマッサージをしろと言った。だから、てっきり手で愛撫するものだとばかり思っていた。

「口でしてもらいたいのでなければ、君を跪かせる意味がないじゃないか。とぼけるのも、いい加減にしてくれ」

手の中の怒張したものに、有紗は目を落とした。ろくに触れたこともないのに、口で愛撫しろと要求されている。眩暈《めまい》がしたが、彼に何度もいろんな場所にキスされたことを思い出し、これはそれほど異常な行為ではないのだと思い直した。

それに、有紗は愛撫するのは嫌なわけではない。何故なら、これは誠人の身体だからだ。彼を好きなのと同時に、彼の身体も好きだ。今までしたことがなかったが、身体にキスしたいと思ったことはある。

どうやったら、彼の気に入るのか判らないけど……。

有紗は自分の本能のままに、手の中のものに唇を寄せた。先端にキスをすると、誠人が息を呑む音が聞こえる。

彼は感じてる……？

その反応に勇気づけられて、有紗は何度もそこに唇を押し当てた。そのうち、舌でそっと舐めてみる。ソフトクリームを舐めるように、根元から先端に向かって舐め上げた。

彼が溜息のような声を洩らした。このやり方が正しいと知って、有紗は更にいろんな部分に舌を這《は》わせてみた。とにかく、彼を気持ちよくしてあげること以外は、何も考えられなかった。

彼のことが愛しいと思うのと同じように、有紗はこの部分にも愛情を捧げた。口を開いて、先端部分を包んだとき、なんとも言えない疼《うず》きを自分の脚の間に感じた。

わたしは何もされてはいないのに……。

キスも愛撫ももらっていない。しかし、彼が感じていると思うと、何故だか興奮を感じていた。

胸に溢れるような想いが込み上げてくる。

彼が好き……。

好きでたまらない。

それと同時に、欲望に身体を貫かれた。

彼が欲しい。

有紗は先端だけでなく、なるべく深く彼のものを口に含んだ。そして、キスするときのように舌を絡めてみる。

「有紗……っ」

彼の声が上擦っていた。自分が彼を興奮させていると思うと、身体の芯《しん》が痺《しび》れてくる。

もっと彼を追いつめてみたい。限界まで、彼を……。

有紗は舌を絡めつつ、そっと頭を動かした。そして、両手を彼の腰に回した。シャツの裾から手を差し込み、熱い肌をそっと撫でていく。皮膚《ひふ》の下の筋肉のありかを探るように掌を動かし、腰骨の辺りを指で撫でると、強烈な欲望を感じた。

抱いてもらいたくてたまらない。その代わりに、夢中になって彼のものを愛撫していく。舌を絡めながら、きゅっと吸い上げると、誠人は乱暴に有紗の肩を押しやった。

有紗は驚いて、彼を見上げた。

「……痛かったですか？」

自分が夢中になりすぎて、彼を痛い目に遭わせたのだと思った。

「いや……。それどころか、君のマッサージはすごいよ。さすがだな」

彼を喜ばせたくてやったことなのに、彼にしてみれば、場数を踏んでいるということになるのだろうか。だったら、彼が幻滅《げんめつ》するくらい下手にやってみればよかったのかもしれない。

いや、どのみち、彼は有紗を非難したに違いない。とにかく、彼は有紗を傷つけたくて仕方がないのだから。

「上着の内ポットに入っている財布を取ってくれ」

有紗はテーブルの上に投げ出された上着を見た。まさか、彼は娼婦《しょうふ》に対価を払うように、有紗に金を渡すつもりなのだろうか。そんなことをされたら、絶望してしまう。

「で、でも……」

「いいから取ってくれ」

有紗は立ち上がると、言われたとおりに財布を取って、彼に渡した。彼は財布の中から小さなパッケージを取り出した。それは避妊具だった。

金でないことにほっとしながらも、有紗は心の奥で傷ついていた。避妊具を持ち歩くということは、彼は外でよくそういう機会に恵まれるということなのだ。彼は間違いなくとてもモテるだろう。過去のことはともかく、これからもそうなのだろうか。

有紗はもう恋人ではなくなった。愛人は彼の性生活に口を出す資格なんてない。彼が外でどんな女性と付き合おうが、彼の勝手なのだ。

「君がつけてくれ」

パッケージを差し出され、有紗はおずおずとそれを受け取った。彼がそれをつけているのを見たことはあったから、中の避妊具を取り出して、再び彼の前に跪き、なんとかそれを彼のものに装着した。

「おいで」

手を伸ばされて、有紗は思わずその手を握り、腰を浮かした。誠人に抱かれる喜びをまた味わえる。たとえ、今は恋人だと認めてもらえなくてもいい。身体を重ねているうちに、また心も通じ合うようになるはず……。

しかし、誠人は有紗の身体をくるりと逆にして、後ろから抱いて、自分の膝の上に乗せた。ちょうど彼を椅子にしたような状態になっている。お尻に硬いものが当たっていた。

「誠人さん……っ」

彼は有紗の太腿の裏に手を差し入れて、両脚を抱え上げた。更に、その両脚を淫らに左右に開く。

「ああ……いやっ……」

「何が嫌なんだ？　今にも抱いてほしそうにしていたくせに」

彼は右手を太腿から滑らせて、両脚の間に触れて、クスッと笑った。

「びっしょり濡れているじゃないか。何も知りませんなんて顔をしているくせに、身体は嘘をつけないわけだ。僕のものをしゃぶりながら、ここに欲しくてたまらなかったんだろう？」

有紗は何も答えられなかった。まさしく、そうだったからだ。彼に抱いてもらいたくて、我慢できないほどだったのだ。

「正面に鏡がなくて残念だな。鏡があれば、君の嘘を突きつけられたのに。君が清純なふりをしながら、本当は淫乱《いんらん》なんだってことを」

「わ……わたし……そんな……」

「淫乱じゃないって？　僕が触る前からこんなに濡れていたのに？」

誠人の指はゆっくりと秘裂《ひれつ》をなぞっていく。そんなふうにされると、蜜《みつ》が溢れてくるのを、彼はもうすでに知っているはずだった。

「僕以外、何人の男にここを触らせたんだ？」

「誰にも……誰にも触らせてませんっ……」

「嘘をつくな！」

指が中へと突き立てられる。突然のことだったが、すでに濡れているその部分は、彼の指を柔らかく受け止めた。

「嘘なんか……絶対についてません。本当なんです……！」

今すぐにでも抱いてほしいと思っているのに、どうしてこんなふうにいじめられるのだろう。有紗の頬には涙が流れてしまった。

「それでも、君が淫乱なのは間違いない。ほんの少し前までバージンだったのに、こんなふうに……簡単に乱れてしまう」

二本目の指を挿入される。それを内部で動かされると、有紗は身体をくねらせた。

「いやっ……どうして……?」

焦らされるのは嫌だ。しかも、こんな屈辱《くつじょく》を与えられながら、指で愛撫されるのはたまらなかった。

そのうち、彼は他の指で同時に敏感《びんかん》な部分に触れてきた。途端に、身体がビクンと彼の膝の上で跳ねた。

「ほら……そうだろう?」

誠人は有紗を追いつめずにはいられないようだった。彼だって、もう我慢できないはずなのに……。

「わたし……ああっ……あん」

彼の指が過剰に刺激している。有紗はまともな言葉を言えなくなっていた。ただ、甘い喘ぎ声だけが、口をついて出てくる。

もう片方の手がエプロンと肌の隙間から入ってきて、胸を包んだ。そして、その頂を指で摘む。有紗は息もつけないほどに感じていて、彼の愛撫に完全に蕩《とろ》けてしまっていた。

「お願い……お願いっ」

有紗はすぐにでも抱いてもらいたかった。彼を受け入れたい。身体の奥のほうで、彼を感じたかった。

いじめられるのは……もう嫌。

有紗はうわ言のように、お願いと繰り返した。

「抱いてほしいなら、言うんだ」

「な……何を……?」

「わたしは淫乱な女の子です、と」

有紗は絶句した。わざわざ、どうしてそんな恥ずかしいことを口にしなくてはならないのだろう。

「君の本性は判っているんだ。もう、嘘はいい。さっさと言うんだ。そうしないと、君の欲しいものは得られない」

これ以上の屈辱はないと何度も思っていたが、まだあったのだ。彼はどうしても有紗がそういう女だと認めさせたいのだろう。

頬に流れた涙はもう乾いている。

もう……どうだっていい。

有紗は投げやりな気分になっていた。震える唇を開いて、彼が望む言葉を口にした。

「わたしは……淫乱な……女の子です」

実際、激しい快感に身体は震えている。それなら、このセリフも、あながち嘘ではないのかもしれない。しかし、そうだとしても、こんな言葉を強要する誠人を、自分はどこまで許せるのだろうか。

誠人は指を引き抜き、有紗の身体をソファの上に投げ出した。そうして、上からのしかかってきて、唇を奪う。

貪《むさぼ》るように口づけされて、有紗はいつの間にかそれに応えていた。屈辱を味わわされ、悲しみや苦しみに支配されているのに、それでも自分は彼のことがまだ好きなのだろう。

誠人は有紗の脚を開くと、押し入ってきた。

「ああっ……」

奥まで貫かれて、有紗は思わず彼の背中に手を回し、強い力でしがみついた。欲しいものをもらい、ようやく満たされたような気がする。どんなに非難しようが、彼の身体は自分の身体と繋がっている。

有紗は彼の顔を見ることができなかった。冷たい眼差しで見られていたら、立ち直れない。わずかばかりの希望もなくしてしまう。

自分と同じように、彼も熱い何かを持っているのだと思いたかった。欲望以上の何かがあるから、こうして抱きたいのだと。

彼が好きだから……。

いや、違う。彼を愛しているから。

これほどまでに傷つけられても、まだ自分は彼を許そうとしている。信じられないくらい深い気持ちが、有紗にはあった。

彼は今、とても怒っているかもしれない。だが、本来、優しい人だ。生い立ちや騙されたこともあって、女性に対して厳しい見方をしているところもある。それでも、こうして激しく抱き合う気持ちがあるのなら、まだ希望はある。

彼の心の片隅に、確かな愛情があると……。

「誠人さん……っ」

何度も奥まで突かれ、有紗は叫ぶように彼の名前を呼んだ。

愛してほしい。

せめて、優しくしてほしい。

本当にそれだけでもいいから。冷たくしないで。ひどいことを言わないで。

有紗にとっては、彼は紛れもなく恋人だ。二人の間にはきっと何かがある。確かな絆と呼ぶべきものが。

さんざん焦らされたせいで、有紗が絶頂に昇りつめるのは早かった。ぐっと身体を反《そ》らすと、誠人がその背中に腕を回し、強く抱き締める。その瞬間、彼も弾けていた。

激しい鼓動《こどう》が収まるまで、彼は待っていなかった。しがみついていた有紗の腕を振り解き、すぐに身体を離す。まるで、汚いものに触れているかのように。彼はさっさと後始末をすると、服を元どおりにする。

甘いキスをしてほしかったのに……。

誠人は振り返り、ソファに横たわる有紗の姿を見つめた。ぞっとするような冷たい眼差しだ。有紗の胸は張り裂けそうになっていた。

「自分の姿をよく見てみるといい」

のろのろと目をやると、エプロンは乱れて、胸が丸見えで、裾はまくれていて、そこも同様だった。まさに彼に凌辱《りょうじょく》された後の姿に思えた。

「君は愛人としては素晴らしいよ。顔は可愛いし、プロポーションも素晴らしい。身体の具合だっていい」

彼はテーブルに投げ出していた財布を手に取った。

有紗はそれを見て、凍りついた。

やめて……。お金を出すのは。

そう言いたかったのに、舌が動かなくて、言葉が出てこなかった。悲鳴を上げたいくらい、切実だったのに。

誠人は一万円札を何枚か出して、有紗の胸の上にばら撒いた。

「よかったよ。これが君の報酬《ほうしゅう》だ」

悲しすぎて、声が出ない。有紗はただ大きく目を見開いて、誠人を見つめた。そうするしかできなかったからだ。

誠人は視線を逸らして、上着と財布を手に取ると、黙って去っていった。

有紗はそのままソファに横たわり、身動きもできなかった。


彼はきっと自分の言動を後悔して、謝ってくれる。

有紗はそう思っていたのに、彼の怒りはなかなか治まらなかった。それどころか、有紗に対するいじめは、次第にエスカレートしていく。

彼の目を覗き込んでは、希望を抱くが、すぐにそれは打ち砕《くだ》かれる。

もう……ダメなのかもしれない。

そろそろ幸恵が旅行から帰ってくる頃だ。恐らく幸恵が帰れば、二人の関係は終わる。

それまでに、彼に許してもらいたいと思っていたが、どう頑張ってみても、やはり無理なのかもしれなかった。

彼の女性に対する偏見《へんけん》は根深いものだ。それを改めることは難しいのだろう。最初から正直に話しておけばよかっただろうか。いや、それは同じことだ。高級クラブのホステスだったことが、彼には許せないのだから。

もろろん、彼が言うように、手練手管なんて身につける暇《ひま》はなかった。有紗は父の看病で忙しかったからだ。デートに誘われたが、応じたことはない。同伴出勤もしたことがなかった。恐らく他のホステスとはかなり違っていただろうが、それでも多くの客が自分を指名してくれた。その理由が何故なのか、有紗にも判らなくて説明できないが。

どうしても、誠人の頑《かたく》なな心を溶かせない。どれほど愛していても、その心は届かなかった。それに、告白もできなかった。もし、愛しているなどと言ったら、彼は一層、怒り狂うことだろう。嘘をついていると言われるのが、関の山だ。

今日も有紗はいつものように夕食を作り、誠人の帰りを待っていた。

どんな仕打ちをされても、まだ家政婦の仕事はきちんと果たしている。父との約束もあるし、幸恵への感謝の気持ちもあった。別れの時が近づいているのは判っていたから、せめて仕事だけは誰にも恥じないようにしておきたかった。

有紗はリビングのソファに腰かけた。ここで何度、彼に凌辱されただろう。つらい気持ちも、きっとあと少しでおしまいになる。ここを出ていけば、彼にひどい仕打ちをされたことも、懐かしい思い出になるのかもしれない。

有紗は目を閉じて、誠人が優しかったときの顔を思い浮かべた。もう一度、あんな顔が見たかった。優しくされたかった。

冷たい眼差しなんて、思い出したくない。せめて空想の世界では、優しかった誠人のことを考えていたい。デートをして、手を繋いでくれたことや、自分のつらい生い立ちを話してくれたことや、甘いキスをしてくれたことなど、有紗にはまだたくさんのいい思い出が残っていた。

次第に意識が薄れていき、有紗はいつの間にか眠っていたようだった。ふと目を開けると、誠人がじっと自分を見下ろしていた。それはかつてのような柔らかい眼差しだった。

はっとして、起き上がる。だが、よく見ると、彼の顔はいつものように表情がなく、態度も素っ気なかった。

最近はずっとそうだ。早く帰宅してくれるようにはなったが、それは自分をいじめるためなのだ。楽しいことなど、何もなかった。

「お帰りなさい、誠人さん。夕食の支度ができていますけど」

「そうだな……。夕食は食べるが、その前に、君にやってもらいたいことがある」

有紗は身構えた。彼がしたいことは、いつも有紗を追いつめることばかりだった。自分を苦しめて、彼を騙《だま》した罰を受けさせているつもりなのだろう。

「わたし……」

誠人はスーツの上着を脱いで、ネクタイを緩《ゆる》めた。彼がネクタイを扱うときの仕草が、有紗は好きだった。なんだか色気を感じるからだ。ドキドキしてきて、それをごまかすために、視線をテーブルのほうに向ける。そこに、彼のブリーフケースの他に、見慣れぬ小さな箱が置いてあるのが見えた。

誠人は有紗の横に座った。そして、顎に手をかける。

キスされる……。

また、いやらしいことをされるのだろうか。有紗はいっそ逃げてしまいたかったが、逃げられないことも判っていた。逃げるなら、この家を出ていかなくてはならない。誠人と一緒にいられるのは、もうわずかな日数だろう。それが判っているのに、どうして自分から逃げられるだろうか。

誠人は唇をそっと重ねてきた。いつもの強引さはなくて、有紗はほっとした。まるで恋人同士のような優しいキスで、そんなふうに扱われることは嬉しかった。

金を渡してきたのは、あの夜だけだったが、誠人はあれからずっと有紗を自分の好きなようにできる娼婦のように扱ってきた。彼の気持ちが変わるかもしれないと無駄な期待をしながら、ずっとそれに従ってきたが、やはり好きな人にそんな仕打ちをうけるのはつらかった。

もう、自分の気持ちが判らない。彼が好きだから許してきたことも、限界に近づいてきていた。彼と離れたくない気持ちや、抱かれたい気持ちはまだあるが、抱かれる度に、自分の尊厳を売り渡しているような気さえしてくるのだ。

誠人さんはもっと優しい人のはずなのに……。

逆に、自分の存在が誠人に悪影響を与えているような気がする。自分がいなければ、誠人もまともな行動を取るようになるだろう。

キスが次第に深くなってくる。すでに、夕食前の軽いキスではなくなっていた。

わたしは、またなすすべもなく、彼に翻弄《ほんろう》されてしまうの……？

それが嫌だと思っているのに、キスされているうちに、彼の仕掛けた罠《わな》に呑み込まれて、抗えなくなってくる。結局のところ、すべて彼の言いなりになるのだ。

彼の手が太腿を這《は》い、スカートの中へと入ってくる。すると、身体がぞくぞくしてきた。自分の身体は気持ちいいことをたくさん知っている。彼に教え込まれてしまったからだ。

ドロワーズと下着が引き下ろされていくのに、いつの間にか協力している自分がいた。

誠人は有紗をソファに横たえると、スカートとパニエをまくり上げた。下着をつけていない無防備の姿を晒したが、羞恥《しゅうち》に顔が赤くなったのは一瞬のことで、彼が両脚の間にキスをしてきた途端、そんなことはどうでもよくなっていた。

彼の舌が秘裂をなぞると、身体が震えてくる。すぐに蜜が溢れ出し、彼を受け入れる態勢が整ってしまうのだ。下半身に力が入らなくなり、蕩けるままにしていると、誠人が顔を上げた。

「今日は君にいいものをあげよう」

「いいもの……？」

それが、不吉な響きを帯びていることに、有紗はすぐには気がつかなかった。快感にぼんやりしていたからだ。

誠人はテーブルの上に置いてあった箱を開け、中に入っていたものを取り出して、わざわざ有紗の目の前に持ってくる。

有紗にはそれが何か判らなかった。小さな卵のような形をしたものに、ストラップがついている。しかし、携帯ストラップにしては大きすぎるし、特に可愛いわけではない。

「何かのおもちゃ？」

「そう。おもちゃだ。リモコンで動くんだ。試してみようか？」

彼の言葉は疑問形ではあったが、有無を言わせぬ調子があった。意味も判らず頷くと、彼はそれを有紗の秘所に近づけた。

やっと、有紗にもそれがなんなのか判った。冷たく硬い感触に、身を竦ませる。

「いやっ……そんなの……」

「君はきっと気に入るさ」

誠人はそれを押し当てて、力を入れた。ずぶずぶと自分の内部にそれが沈められていく。

有紗は彼がそこまでするとは思わなかったから、驚きのあまり凍りついていた。

これでは、わたしがおもちゃ扱いされているのと一緒だ。

どうして……わたしをこんなに苦しめるの？　そこまでのことをわたしがしたの？

「いやよ……。こんなこと、いや……っ」

有紗はかぶりを振って、誠人の腕に手をかけた。しかし、彼はそれを無情にも振り払う。

「お願いっ。これを……抜いて」

「ダメだ」

誠人は素っ気なく言うと、箱の中にあったリモコンを手にした。彼がスイッチを入れると、途端にそれが有紗の内部で動き出した。

有紗は身体を強張らせた。

「あっ……やっ……」

身体の中で感じる奇妙な振動に、有紗は強烈な疼《うず》きを感じた。こんなおもちゃなんかで感じたくない。そう思うのに、自分の身体が言うことを聞かない。勝手に感じてしまって、どうしたらいいか判らなかった。

「止めてっ……ああっ……！」

身体をビクビク震わせていると、彼はリモコンを止めてくれた。彼は有紗の顔を見て、にやりと笑う。

「気に入ったみたいだね」

違う……と言いたかった。だが、彼の手の中にあるリモコンが怖かった。彼の意見を否定すれば、すぐにそのスイッチを入れるだろう。そうしたら、彼の目の前で、醜態《しゅうたい》を晒してしまうことになるかもしれなかった。

そんな機械の刺激で絶頂を迎えたくない。有紗は自分の最後のプライドを守りたかった。

「さあ、そろそろ夕食にしようか」

誠人の言葉に、有紗は驚いた。

「このまま……？」

「そうだ。このままだ。下着もつけなくていい」

有紗は呆然としながらも、身体を起こした。下着もつけずに、あの淫らなおもちゃを内部に忍ばせたまま、食事をするなんて……。

誠人は有紗を徹底的に辱《はずかし》めたいのだ。ひょっとしたら、自分から出ていくと言わせたいのかもしれない。そうでなければ、あまりにも彼はひどすぎる。優しい人だと思っていたのは、何かの間違いだったのだろうか。

確かに有紗はクラブで働いていたことを隠していた。それでも、自分に対して恥ずかしいことをした覚えはない。それなのに、彼に抱かれる度に、有紗は自分自身を貶《おとし》めているような気がしてならなかった。

これ以上、ここで耐えていてはいけないのではないだろうか。我慢すればするほど、深みにはまっている。泥沼の中に自分はいるようだった。

有紗はふらふらとキッチンに行き、食事を温め直してテーブルに運んだ。食卓についている誠人は、有紗の動揺を見て、楽しんでいるかもしれない。スカートの下には何も身につけていない。彼の視線はさっきから有紗の顔とスカートへ交互に向けられている。

彼の眼差しを見ていると、嫌だと思っているのに、身体がぞくぞくしてくる。内部に入っているものの存在もやはり気になる。

だが、なるべくなら、誠人にそういう気持ちを知られたくなかった。頬が赤くなるのは仕方ないとして、なんとか平気なふりをしてみた。

食卓の用意ができて、有紗は椅子に座った。その動作により、内部のものの位置が変わったようで、もぞもぞと身体を動かした。それを誠人がじっと見つめている。きっと観察されているのだろう。

「いただきます」

手を合わせると、自分の手が震えているのが判った。

二人は黙々と食事をしていたが、しばらくして誠人が口を開いた。

「祖母が明日の午後、帰ってくるそうだ」

有紗は思わず箸《はし》を取り落とすところだった。つまり、二人のこうした仲は、もう今夜限りということだ。彼もいつまでもこんなことは続けられないだろうし、自分もそうだ。特に、普通の顔をして幸恵に会うことはできない。

自分がここまで彼に穢されたと感じていなければ、挨拶くらいはできたが、やはりどう考えても無理だ。まして、引き止められても困る。

「明日の朝……出ていきます。お別れのご挨拶もせずに、雇ってくださったお祖母様には失礼だと思いますけど……」

誠人は素っ気なく頷いた。

「判っている。ちゃんといいように説明しておく」

彼はどんな説明をするのだろう。自分が玉の輿狙いだったと告げるつもりなのだろうか。しかし、幸恵とはもう会わないのだ。どう思われても、同じことだ。

有紗は諦めの境地に至っていた。希望などもうどこにもない。どんなに頑張っても、誠人は気持ちを変えてくれなかった。今、自分の胸にあるのは絶望だけだった。

わたしが出ていくのを、引き止めもしないのね……。

だが、有紗にも判っていた。この関係をずっと続けることはできない。お互いがダメになるだろうし、有紗も誠人も、幸恵の目を盗んでこそこそと付き合うことはできない。まして、こんな一方的な関係なら、尚更《なおさら》だった。

だから、自分がここを出ていくことは正しいことだ。これしか道がないと言ってもいいほどだった。

彼に抱かれるのも、今夜が最後になる。

そう考えただけで、鼻の奥がツンとしてきて、泣きたくなってくる。哀れなことに、自分はまだ彼のことを愛していた。

「ここを出たら、どこか行く当てはあるのか？」

誠人はまるで有紗のことを心配しているかのように尋ねてきた。

「元のアパートに戻ります」

住み込みの仕事ではあっても、自分がこの仕事を長く続けないだろうということは最初から判っていた。父の遺志だったから、ここに来た。どこまで恩返しをすれば、父のためになるのか判らなかったが、いずれにしても、自分の人生がここではないどこかにあって、それを生きなければならないことは確かだ。

有紗には、自分の人生がどこに向かっているのか、もう判らなくなっていた。

「仕事はどうするんだ？　元の仕事に戻るのか？」

有紗の顔は強張った。クラブのホステスに戻るのかと、彼は訊いているのだ。

「親戚から頼まれれば嫌とは言えないかもしれませんが、仕事としては……」

「まあ、君の好きなようにすればいいさ」

突き放したように言うと、誠人は食事を続けた。再び沈黙が訪れ、やがて二人とも食事が終わった。有紗はあまり食べていなかったが、それも仕方がない。自分の中のものが気になっていたし、誠人と過ごすのは今日が最後だと思うと、とても食事など続けていられなかった。

デザートなど用意していなくて幸いだった。これ以上、こんなことには耐えられない。

ご馳走様と手を合わせると、有紗は立ち上がり、そそくさと食器を流しに運んだ。自分の内部に仕掛けられたものの存在のことも忘れてしまいたかったからだ。

誠人はわざとのようにゆっくりとリビングのほうへと向かっている。不意に、有紗は体内のものの動きを感じ、思わず食器を落としてしまった。

食器が割れて散らばる音がして、有紗は自分の失敗に気がついた。慌てて屈んで、食器の残骸を拾おうとしたが、快感に耐えられず、有紗は床に膝をつくことになった。

ああ、どうしよう……！

大変なことになった。皿は皿でも、これは高価な皿だ。割れ物だから、割れることはあるだろう。しかし、取り落としたのは、自分の責任だった。

「やめて……っ」

有紗はスカートの上から両手で股間を押さえた。強烈な快感が押し寄せてくる。それに耐えなくてはならなかった。

誠人がダイニングに戻ってくる。そして、近くで自分の痴態《ちたい》を見物していた。

「お願い……お願いっ……」

有紗は泣きそうだった。

「驚いたな。そこまで感じるものとは知らなかった」

「止めて……ください っ。わたし……ああっ……！」

床に手をつき、一人で腰を振る有紗を、誠人が冷めた目で見ているはずだ。有紗には彼がどんな表情をしているのか、確かめる余裕もない。絶え間なく襲ってくる快感をやり過ごすためには、こうして腰を振るしかなかった。ただし、振ってみても、どうにかなるものではなかったが。

永遠に続くかと思われた責め苦もなんとか終わった。唐突に体内での動きが止まり、有紗は床に突っ伏しそうになった。だが、なんとか気を取り直し、食器の欠片《かけら》を拾おうとした。

「それは後でいい。こっちに来るんだ」

誠人の声が甘く掠れていた。彼が決して冷たい目で見ていたわけではないことに、有紗はやっと気がついた。

彼もまた感じている。有紗の痴態を見て、早く抱きたくて仕方がないのだろう。

誠人は有紗に手を差し伸べた。有紗はそれに摑まり、のろのろと立ち上がる。すると、彼は有紗の腰を抱くようにして、リビングのほうへと連れていく。

ここで、彼に抱かれるのだと思った。最後のお別れとして。

有紗の頭の芯は痺れたようになっていて、あまり深くものが考えられなくなっていた。とにかく、自分の中にあるものを早く抜いてもらいたかったからだ。

「さあ、有紗。スカートを上げて、見せてくれないか？　君がどれだけ感じているのかチエックしよう」

そんなことをするまでもなく、自分が限界まで感じていたことは、彼にも判っているはずだ。だが、有紗をいじめるためなら、彼はそんなことも要求するのだ。

有紗は黙って、震える両手でスカートとパニエを摑んで、何もつけていない下腹部を彼に自ら晒した。

「それじゃ、よく見えないな。ソファに座って、自分でちゃんと見せてくれ」

「そんな……」

抗議しかけたが、そんなことをしても意味がないと思い、有紗は唇を嚙んで、ソファに腰かけて、脚を広げて見せた。

「それでも見えない。僕はちゃんと見せてくれと言ったんだ。今更、恥じらったって、意味がないだろう?」

彼にはどんなところも見られている。今更なのは判っていても、やはり有紗には屈辱的だった。しかし、そうしないことには、いつまでもこの苦しみが長引くだけだ。

思い切って、両脚をソファに上げて、膝を自分のほうに引き寄せた。大事なところを彼に晒す恥ずかしい姿だが、こうしないと、彼は納得しないのだろう。

彼の視線が突き刺さる。そこが濡れそぼっているのは、自分でも判っている。

「誠人さんっ……もう抜いてください……」

有紗はせめて自分の内部からおもちゃを取り去ってしまいたかった。

「自分で抜くといい」

それも屈辱的だったが、ようやく許可が出たのだ。有紗は手探りで、ストラップに触れた。そして、それを引き抜こうとしたとき、また新たな快感に襲われた。彼がスイッチを入れたのだ。

「あぁっ……いやあぁぁっ……」

快感に震える自分を抑えるように、秘所を上から押さえた。しかし、彼は容赦なかった。体内での振動がもっと大きくなる。有紗はとうとう耐え切れずに、大事なところを両手で押さえながら、昇りつめてしまった。

身体が痙攣《けいれん》するように震えている。有紗は背もたれに身体を預けながら、朦朧《もうろう》としていた。おもちゃの動きはもう止まっている。けれども、力を失ったように、どうすることもできなかった。

「手を退けて」

言われたようにすると、誠人の指がストラップにかかった。それが体内から引きずり出されると、中に溜まっていた蜜がとろりと流れ出していく。それもまた、彼の前に晒している自分は、もういっそ何も感じない人形になってしまいたかった。

誠人は有紗の身体をソファに抱え上げ、のしかかってきた。まるで顔も見たくないというふうに、後ろから抱き締めてくる。彼の硬く反応しているものがすぐに押し当てられ、挿入された。

有紗は思わず安堵の溜息を洩らした。あんな冷たい物体より、生身の彼のほうがよかったからだ。

誠人は何度も何度も、奥まで突き上げてくる。有紗は彼の腕の中で淫らな声を上げた。抑制することもできない。ほとんど本能のままに腰を振り、再び絶頂に押し上げられていた。

「あぁぁぁっ……！」

か細い悲鳴のような声が、有紗の口から絞り出された。そして、同時に、自分の身体の中で彼が弾けたのが判る。

ぐっと腰を押しつけられ、有紗は眩暈を感じた。

これで最後なの……？

こんな幕切れは嫌だった。せめてキスして、抱き締められたかった。こんな終わり方は惨《みじ》め過ぎる。

彼が離れると、有紗はソファに崩れ落ちた。とても気持ちよくて、二度も絶頂を味わったのに、心の中は何ひとつ残らない空虚《くうきょ》のままだった。いくら自分が愛していても、愛されていなければ、たとえ抱かれてもこんな気持ちになるのだ。

何もかもわたしが間違っていた。

希望など抱いてはいけなかった。有紗は自分を穢《けが》す彼の行為を許していただけだった。その結果がこれだ。有紗は立ち直れそうになかった。

二度と恋なんてしない。

滲《にじ》んだ涙を隠すために、目を擦り、身体を起こした。誠人はもう身支度を終えて、有紗をなんとも言えない目つきで見下ろしている。

「片付けないと……」

「いや、あれは僕が片付けておく。君はもう自分の部屋に戻って、荷造りをしておくといい」

荷造り……。

用が済んだから、早く出ていけと言っているのだ。有紗はそう解釈して、立ち上がると、自分の下着を捜した。それは床に落ちたままだった。それを拾い上げ、手に持ったまま、ふらふらと階段へと向かった。

シャワーを浴びて、身体を綺麗にしたい。それから、荷造りをして、眠ってしまおう。少なくとも、眠っている間は安全だった。自分を傷つけるものは何もない。安らかな世界だった。

有紗はシャワー以外では部屋を出ずに、荷造りを終えた。元々、ここに持ち込んだものはとても少ない。明日はもうメイド服を着るのはやめよう。軽く掃除をしたら、幸恵と鉢合わせしないように、早めにここを出ていくつもりだった。

軽くノックの音がして、ドアが開いた。ベッドに腰を下ろしていたパジャマ姿の有紗は誠人の姿を見て、警戒《けいかい》した。だが、彼は神妙な顔つきをしていて、部屋の中には入ってこなかった。

「今日は……悪かった。自分でもあれはひどすぎたと思う」

有紗は目を伏せた。確かに今日はひどすぎたが、昨日もその前も、彼は有紗をひどい目に遭わせたのだ。今更、謝ってもらっても、何も言うべき言葉はなかった。

「明日、僕は早く家を出る。朝食は作らなくていい」

つまり、もう顔を合わせたくないということだろうか。有紗は傷ついたが、そのほうがいいのかもしれないとも思った。別れは今夜、済ませておくほうがいいのだ。

有紗は顔を上げ、誠人とちゃんと目を合わせた。

「いろいろ……お世話になりました」

「もし何かあったら……電話してくれ。僕の携帯番号は知っているだろう？」

有紗は頷いたが、彼の携帯番号は自分の携帯から消すつもりだった。それに、何があるというのだろう。ここを出たら、彼に連絡することなど、あり得ない。金目当てだと罵《のの》しられ、貶められた相手に。

もう、彼の冷たい言葉など聞きたくない。彼が優しかったときの思い出だけを大事にしていたかった。

こんなにひどい目に遭わされたのに、その思い出だけは消えていなかった。あのとき、有紗は心から幸せだと思ったからだ。他のことは全部忘れるつもりだったが、幸せな気持ちは心の片隅に残しておきたい。

叶わぬ恋だったが、やはり彼が好きだった。

「有紗……」

誠人は迷う素振りを見せたが、部屋の中へと入ってきた。そして、有紗を立たせると、強く抱き締めてくる。そして、荒々しく唇を重ねようとした。

たちまち有紗の胸の中に、温かい気持ちが甦ってくる。しかし、同時に、鈍い痛みも甦ってきた。

「やめて……！　もう、わたしを放っておいてください」

有紗は必死で手を突っ張って、彼から逃れた。

ひどいことをされて傷ついた気持ちは、すべてここに置いていきたかった。もう、これ以上の傷はいらない。

涙が溢れてきて、頬を濡らした。それを見た誠人は有紗に手を伸ばそうとしたが、触れるのはやめた。そして、急に冷たい顔になって、嘲笑《あざわら》うような声で言った。

「とんだ愁嘆場《しゅうたんば》だな。言っておくが、僕は後悔していない。君はいい遊び相手だったよ」

ひどい……！

しかし、有紗はもう何も言えなかった。傷つきすぎて、言葉が出てこない。愛した人にここまで傷つけられるほどのことを、自分は本当にしたのだろうか。

もう……何もかも判らない。

誠人は、今度は振り返りもせずに去っていく。

ドアが閉まり、自分の恋はここで終わったのだと、有紗は悟《さと》った。

第六章　プロポーズ

有紗《ありさ》が家を出てから、もう二ヵ月が経っていた。

誠人《まこと》は執務室の机に置いてある卓上カレンダーに目をやり、溜息をついた。あれから彼女からなんの連絡もない。もし妊娠《にんしん》していたら連絡をくれるはずだから、連絡が来ないということは、やはり妊娠していなかったのだろう。

バスルームで彼女を抱いたとき。それから、最後の夜はあまりに興奮しすぎてしまって、避妊を忘れていた。今まで女性と付き合ってきて、こんな失敗は一度もなかった。間違いで子供ができて、結婚する羽目にはなりたくなかったからだ。

だが、彼女に関する限り、いつも自分は理性的ではなかった。彼女の中に早く身を沈めたくて、一旦、挿入した後に避妊具をつけたり、終わった後も身体を離したくなくて、ぐずぐずしていたことがよくあった。本気で避妊したかったら、そんな真似は絶対にしてはならないのに。

もし、有紗に子供ができていたら……別れずに済んだ。

そんなふうに思いかけた自分を叱責《しっせき》する。できてなくてよかったのだ。できていたら、結婚する羽目になっていた。

しかし、誠人はまだ彼女のことが忘れられなくて、毎晩、夢に見る始末だった。自分が追いやったのに、心の中には後悔ばかりが渦巻いている。

彼女は高級クラブのナンバーワン・ホステスだったんだ。バージンだったのは偶然そうだったに過ぎなくて、裕福な男を引っ掛けるために守っていただけだ。

何度もそう思い直し、後悔する心を戒めてきた。おまえは騙《だま》されずに済んで、運がよかったのだと。

しかし、いっそ騙されたままのほうが、よほど幸せだったと思わないでもない。いや、正直に言えば、何度もそう思っている。何も知らずにデートして、彼女を甘やかしていたときが、最高に幸せだった。

思えば、自分は彼女に恋をしていたに違いない。

そして、今も彼女に心を残している。彼女のほうはきっと自分など忘れて、新しい生活をしているのだろう。

誠人は続きの部屋にいる秘書を呼んだ。

「何かご用でしょうか?」

「その……いろいろ……アイデアに詰まっているんだ。気晴らしの方法を知らないか?」

秘書は何故だか訳知り顔で頷いた。

「最近、ストレスが溜まっているようですしね。気晴らし……というと、旅行などいかがでしょうか?」

「旅行か……。スケジュールはどうなっている?」

「一泊旅行なら、なんとか予定を取れると思いますが。どなたかご一緒される方はいらっしゃいますか?」

そこで、有紗の顔が浮かんできて、誠人は落ち込みそうになった。

彼女に会いたい。なのに、もう会えない。

こんな気持ちで、他の女性と旅行に行きたくないし、一人で行けば、もっと落ち込むだろう。有紗が出ていってから、幸恵《ゆきえ》はご機嫌斜めで、とても誠人と旅行などしてくれそうになかった。

「もっと手軽なストレス解消法はないかな? 君ならどうする?」

「カラオケに行きます。大きな声を出すと、ストレス発散になります。それから、バッティングセンターもいいですね。身体を使うと、爽快ですよ」

「ずいぶん健康的なんだな。酒を飲んだりしないのか？」

「酒は脳を一時的に麻痺《まひ》させるだけで、その場限りのものですよ。逃げても解決しないことがありますから。私はストレスに立ち向かう闘争心を養うために、カラオケやバッティングセンターに行くんです」

逃げても解決しない……。

ストレスに立ち向かう闘争心か……。

誠人は目の前の何かが開けていくような気持ちになった。

そうだ。今まで自分はただ問題から逃げていた。有紗が本当にどんな女性なのか、判ろうともせずに、思い込みだけで彼女を罰したのだ。そのことで、本当は後悔しているのに、それを正そうともせずに、逃げていた。

「ありがとう。君はいいことを教えてくれた」

秘書はにこやかな笑顔で応え、部屋に戻っていった。

誠人は有紗の幻影から逃げるのはやめることにした。どうしても、彼女に会いたい。会いたくて会いたくてたまらない。この気持ちに蓋をしたところで、それは逃げるだけで、問題の解決には至らないのだ。

彼女は今、どこで何をしているのだろう。調べようと思えば調べられるはずだ。彼女のアパートの住所も知っているし、例の高級クラブのオーナーが彼女の叔父だということも判っている。あそこで仕事はしないと言っていたが、どうだか判らない。今もあそこにいるのなら、会うのは簡単だ。

そうでなくても、自分には高梨《たかなし》という友人がいる。探偵会社のオーナーだ。ちょっと頼めば、調べてくれる。とりあえず、彼に話をしてみようか。ひょっとしたら、彼女の近況が判らないから苛々《いらいら》しているだけで、ちゃんと判れば、安心してもう彼女のことなど考えなくなるかもしれない。

だが、それが本心でないことは、自分でも判っていた。やはり、彼女のことが、どうしても気になる。確かに彼女はホステスだったが、父親のために働いていたのだ。せめて、もっと理性的に彼女の話を聞けばよかった。金目当てに誘惑する女だと決めつけてしまったが、本当にそうだったのだろうか。

有紗との思い出が何度も脳裏に甦ってきてしまう。彼女の頬を染めるところが好きだった。キスだって、あんなにぎこちなかった。手を繋いだだけで嬉しそうにしていた。

あれが全部、本当に演技だったのだろうか。

僕は間違っていたかもしれない……。

いや、間違いでなくてもいい。どうしても、有紗に会いたい。会って、話がしたい。謝って、どうにかなるものなら、彼女に帰ってきてもらいたい。

今日はもう会議はない。誰かと会う予定もない。今日中にやるべき書類仕事もない。時計をちらりと見て、携帯電話を取り出し、高梨にかけた。彼はすぐに電話に出た。

『なんだ、また調査か？　今度はどんな女だ？』

誠人は苦笑した。自分はそれほど何度も彼に調査を依頼していたらしい。どれだけ女のことが信じられないのか、自分でもうんざりしてくる。

「いや、新しい女のことじゃなくて……」

『そういえば、前の彼女……舞香《まいか》ちゃんは可愛いよなあ。やっぱり、ナンバーワンなだけあるよ。俺、このところ週に二度は彼女と会ってるんだ。もう夢中だよ』

誠人は思わず電話を取り落とすところだった。よりにもよって、高梨と有紗が付き合っているなんて、誰が予想できただろうか。

誠人の胸にどす黒い感情が湧き起こってきた。今まで経験したことのないほど強い嫉妬《しっと》心だった。

「……どういうことだ？　どうしておまえと有紗がデートしてるんだ？」

だいたい、いつ仲良くなったというのだ。高梨は誠人が有紗と別れたと聞き、早速、声をかけたというのだろうか。そのとおりならば、この男との友情もここまでだ。

『デート？　いや、彼女は客の誰ともデートしないことで有名だよ。お堅いんだけど、お高くとまっているわけではなくて、それがいかにも彼女らしいんだ』

「客……？　彼女はまたあのクラブで働いているのか？」

高梨と付き合っていたわけではないと知り、ほっとしつつも、彼女がまたホステスをしていると知って、複雑な心境になった。もう働かないと言っていたのに、また叔父に押し切られたのだろうか。

それとも、やはり彼女は嘘つきの金目当てで、新しい男を探しているのかもしれない。誠人の心にまた疑念が忍び込もうとしていた。

『しばらく前からまた働き始めたそうだ。偶然、店に行ったら、彼女が復帰していて……。どうしておまえが別れたのか知らないが、彼女は本当にいい娘だよ』

高梨はすっかり有紗の虜《とりこ》のようだった。それがまた、腹立たしくて仕方がない。有紗に対して怒っているのか、高梨に怒っているのか、自分でもよく判らないが。腹立ち紛《まぎ》れに、誠人は今では自分でもあまり信じていないことを口走っていた。

「僕が彼女と別れたのは、僕を騙《だま》していたからだ。清純なふりをして、本当はやり手のナンバーワン・ホステスだった。男なんか簡単に転がせると思っていたんだろう。彼女は最初から金が目当てで、僕に近づいたのも、玉の輿に乗りたかっただけだ」

一瞬、間があったが、高梨は諭すような口調で話し始めた。

『いや……彼女はそんな娘じゃないって。彼女の客には大物がけっこういる。鏑木《かぶらぎ》グループの会長とか、芳川《よしかわ》ホールディングスのCEOとか……君よりずっと金持ちもいるし、有名な政治家もいる。みんな、彼女のファンだよ。聖女のように崇《あが》めている。でも、彼女自身はデートに応じたことはないし、個人的な付き合いも一切しない。だから、みんな、彼女に会いたくて、クラブに通うことになる。まあ、それだから、なかなか仕事をやめさせてもらえないんだろうな。何しろ、大物客のハートをがっちり摑んでいるんだから』

そんな情報をどこから集めてきたのかと思ったが、彼は探偵だ。今はオーナーだが、元は自分の足で情報を得ていたのだ。

有紗はやはり金目当てじゃなかった……？

もしそれが本当なら、自分は人生最大の間違いを犯したことになる。薄々、気がついていたが、友人の口から聞くと、やはりそうなのかと思う。

「……ホステスが聖女なのか？」

『彼女は客の話を本当に親身になって聞くんだ。彼女と会話していると、魔法にかかったみたいに、自分の身の上話なんかしているし、それを彼女はじっと真剣に聞いてくれる。得がたい親友のような……いや、修道女かな。神様の前で懺悔《ざんげ》をして、癒されるような気持ちになってくるんだ。しかも、清楚《せいそ》な美人で可愛い。金があれば、毎日だって彼女のところに通いたいくらいだ』

誠人自身も、彼女と話しているときに、つい両親の話をしてしまったことがある。あの癒されるような気分は、紛れもなく本物だった。

僕は彼女を誤解していた……！

目の前の霧が晴れていく。今まで自分の目は曇《くも》っていた。やはり、彼女は見たままの彼女だったのだ。しかし、真実が見えてきたとき、罪悪感に心が蝕まれるような気がした。

自分の言動はどれだけ彼女を傷つけただろう。

「僕は……彼女を罵《ののし》り、非難した。ひどいこともたくさんした……」

『俺も彼女がナンバーワンのホステスだったということを告げる前に、もっと詳しく調べればよかったと思っている』

「いや、僕が彼女を信じられなかったのが悪いんだ。母のことや……昔のことがあったから……」

傷つけられるのが怖かった。だから、過剰に有紗を傷つけたのだ。彼女を好きだったことそのものを、否定したいがために。

『だが、女がみんな金目当てだと思い込んでいたら、おまえは一生幸せになれないぞ』

「ああ……そうだな」

有紗と恋人だったとき、あれだけ幸せだったのは、彼女を信じていいからだ。彼女をもう一度、取り戻せるだろうか。こんなに後悔しているとはいえ、彼女に許してもらえるとは思えない。

有紗の頬に流れた涙や、悲しみに満ちた瞳を思い出して、誠人は苦悩した。

僕はなんてことをしてしまったんだ。

せめて謝りたい。許してもらえなくても、そうしなければならない。

誠人は電話を切った後、そう決心した。


有紗は慣れた手つきで水割りを作り、客に微笑みかけながらグラスを差し出した。

この店はとても落ち着いた雰囲気があり、ここへやってくる客もまた上品だった。酒に酔っても、大げさに騒いだりしない。そうしたい客は、別の店を選ぶのだろう。

こういう店だからこそ、有紗でもホステスが務まるのだ。自分は決して騒いだりする夕イプではなかったし、客の気分を盛り上げるすべも知らない。ただ、静かに酒の相手をして、話し相手をするのが関の山だった。

目の前の客は、いつも有紗を指名してくれる鏑木グループの会長だった。年齢は誠人より十歳ほど年上で、離婚歴があるという。髪に白いものが混じっているが、その顔は若々しく、男らしかった。彼には熱心に口説かれたことが何度もある。しかし、有紗は個人的な付き合いを考えたことはなかった。

彼のことは好きだが、それは恋人としてではない。もっとも、彼の持論としては、付き合ってみなければ判らないだろうということだった。以前は、父親の病気のことがあり、デートどころではなかった。けれども、今は別の理由でデートを断っている。

有紗のお腹には子供がいるからだ。

いずれ、誠人に告げなくてはならないだろうが、今はとても勇気が出ない。金目当てだと非難されることには、耐えられない。そのために、出産費用などをしっかり貯めてから、彼に知らせたかった。

一人で子供を産み、育てていく。それはきっと並大抵なことではないだろう。だが、誠人の子供ができたと判ったとき、有紗は心から嬉しかった。自分の恋は散々な結果に終わったけれども、誠人を愛した証《あかし》だけは残されたのだ。

だから、この子は大事に育てるわ！

後は、赤ちゃんができたと、誠人に告げるだけの勇気が持てるかどうかだ。

「舞香ちゃん、別のお客様からご指名だよ」

マネージャーに耳打ちされて、有紗はムッとしたような表情の鏑木に目を向けた。指名が入るのは嬉しいが、一人に対してゆっくり時間を割けないのは申し訳ないと思っている。ちゃんと話を聞いて、満足して帰ってもらいたいのに。

有紗は代わりの女の子が来ると、鏑木に詫《わ》びを言って、席を立った。マネージャーがさっとやってきて、有紗を次の席へと導いていく。

「あちらの方だよ。一度いらしたことがあるんだけど、女の子を指名したのは今回が初めてだから、しっかりやってね」

有紗はマネージャーに頷き、客に笑いかけて歩み寄ろうとして、足を止めた。

そこに座っているのは誠人だったからだ。

どうしてここに……？

家を出たときには、もう二度と会うことはないと思っていた。まさか、あれほど軽蔑していたのに、ここへ来るとは思わなかった。

わたしに会いにきてくれたの……？

有紗は誠人が恋しくて仕方がなかった。もちろん、あんな苦しい日々をもう一度、過ごしたいとは思わなかったが、恋人として過ごした日々を何度も思い出し、枕を涙で濡らしていた。

いいえ、期待してはダメ。

とことん傷つけられた有紗は、誠人に心を開くことはできなかった。

誠人はじっと有紗を見つめている。彼が何を考えているのか、その表情からは判らない。まさか妊娠していることに気づいたわけではないだろう。彼は避妊をきちんと考えてはいなかったようだ。もっとも、有紗もまさか妊娠するとは思っていなかったのだから、責任は自分にもある。

有紗は他の客に対するのと同じように微笑んで、彼の隣に座った。

とはいえ、初対面のふりをするつもりはなかった。そんなお芝居は意味がない。

「お久しぶりです、誠人さん」

「ああ、久しぶりだな」

彼の声を聞いて、ふと涙ぐみそうになったが、慌てて目をしばたたいてごまかした。懐かしくて泣いてしまいそうだった。きっと彼の声の調子がとても優しげに思えたからだろう。

「何をお飲みになりますか？」

「ウィスキー水割りで。君も飲むだろう？」

「申し訳ありませんが、少し体調を崩していて、お酒が飲めないんです。ジュースを飲ませてもらっていいですか？」

誠人が頷いたので、水割りの用意とジュースをボーイに注文した。アルコールが飲めないのは、妊娠しているからだが、そんな我がままを許してもらえるのはここが叔父の店だからだ。

「体調が悪いのか？　なんだか前より少し痩《や》せているようだ」

誠人の手が有紗の手に触れた。ビクッと手が震えたが、なんとか何事もなかったかのような顔をする。まだ彼に過剰反応している自分が悲しかった。

彼はわたしのことなんか好きではないのに……。

自分だけがまだ好きだった。たくさんのデートを断ってきたが、誠人に誘われたら、ついていってしまうかもしれない。たとえ、また傷つけられると判っていても。

「あの……大丈夫です。大したことはないけど、お酒を飲むと、身体に負担がかかるから」

有紗はこの場をごまかそうとしている自分に、嫌悪感を覚えた。彼の子供がお腹にいるということを、隠しとおすわけにはいかないのだ。いずれ告げなくてはならない。そのときになって、彼がこの会話のやり取りを思い出したら、また嘘をついたと非難するに違いない。

彼の信頼を得るには、こんなごまかしをしていてはいけないのだ。それに、子供が生まれたら、彼も顔を見たいかもしれない。嘘つきだと思われて、蔑まれるより、もっといい関係でいたほうがいい。

だからといって、他にたくさんの人がいる店で、それを告げたくなかった。

「誠人さん……わたし……」

思わず彼の手を握っていた。彼の顔がはっとしたような表情になったことで、自分の行動に気がつき、慌てて手を放す。

「ごめんなさいっ。馴れ馴れしくしてしまって」

「いや……いいんだ。それより、あれから君がどうしていたかと思って……。また君がここで働いていると友人に聞いて、会いたくなって来てしまった。僕はひどいことをしたから、君は会いたくなかったかもしれないが……」

「そんなことはありません！」

思わず本音が口から飛び出してしまって、有紗は狼狽《ろうばい》した。本心では、彼に会いたかった。せめて顔だけでも見たかった。実際、連絡する理由もあったのだが、やはり会う勇気が持てなかったのだ。

「僕に会いたいと思ってくれた?」

彼に囁くように訊かれて、有紗は顔を真っ赤にした。そんなことはないと、意地を張って言いたかったが、嘘をつけば、自分にまた返ってくるだろう。

「はい……。でも、誠人さんがわたしに会いたいと思うなんて……」

「信じられないだろうね。僕はあれだけ君を罵倒《ばとう》したんだから。でも、毎晩、君の夢を見たよ。この二ヵ月、ずっと……」

「ずっと……?」

有紗の胸に希望の灯がともる。だが、彼は愛人として有紗を取り戻したいだけかもしれない。愛のない身体だけの関係はとてもつらかった。彼のことは今も好きだが、あの関係には戻りたくなかった。

ボーイがお酒やジュースを運んできた。有紗は水割りを作って、彼の前に置く。

「そういえば、お友達って、どなたなんですか? もしかして、わたしのお客様?」

「高梨っていうんだ」

「高梨さん……。探偵会社の……」

有紗の顔は強張った。彼は話好きで面白い人だ。だが、きっと有紗がホステスだったことを調べて、誠人に告げたのは彼だろう。彼が悪いわけではなく、誠人に隠し事をしていた自分が悪いのだが、なんとなく気分が落ち込んでしまった。

「わたしがどうしているのか、調べてもらっていたんですか？」

「いや、そうじゃない。正確に言えば、調べてもらおうと電話をかけたら、すでにここの常連客になっていたんだ。君に夢中だと言っていた。金があったら、毎日でもここに通いたいと」

有紗の気持ちは少し軽くなった。調査のためだけに指名されていたのだとしたら、やはり傷つくからだ。誠人に対する気持ちとはまったく違うが、有紗は高梨に好意を持っていたのだ。

「わたし、ここでまた働いていると、あなたが知ったら、軽蔑《けいべつ》されるんじゃないかと思っていました」

「有紗……」

誠人はまた有紗の手を握ってきた。彼の手に触れられるのは、他の誰に触れられるときとも違う。胸の中にぐっと温かい感情が込み上げてくる。彼はいつでも特別だった。

「僕は君にしたことを後悔している。本当だ。君にはとても信じられないかもしれないが」

「誠人さん……」

どう言っていいのか、有紗は判らなかった。彼に受けた仕打ちは、そんなに簡単に忘れられるものではない。けれども、もし彼が本当に後悔しているとすれば、許すのは難しくないだろう。

有紗はもどかしかった。彼の本当の気持ちが知りたい。そして、子供が生まれることも、話しておきたい。

「わたし……誠人さんに話したいことが……」

「僕も君に話がある。二人きりで話したい」

有紗の胸は早鐘のように打ち始めた。期待してはいけないと思うのに、どうしても期待してしまう自分がいる。

誠人はポケットから取り出した紙を、有紗に握らせた。それには、ホテルの名前と部屋番号が書いてあった。

「仕事が終わったら、ここへ来てくれ。何時になってもいい。たとえ来てくれなくても、ずっと待ってるから」

誠人の瞳は、自分を信じてくれと頼んでいるようにも見えた。

彼を信じられるだろうか。いや、その前に、彼はわたしを信じてくれるの？

有紗は葛藤《かっとう》しながらも、頷いた。

彼の顔がふっと優しく微笑んだ。それを見たとき、有紗はどうしようもなく彼のことを愛しているのだと思った。


仕事が終わり、有紗は教えられたホテルに向かった。

メイクを落とし、ドレスも脱いでいる。服はカットソーとジーンズという普段着そのままで、髪型もアップスタイルではなく、垂らしている。

部屋のチャイムを押して、有紗はそわそわとしていた。

ドアが開き、彼が顔を見せると、ほっとする。ひょっとしたら騙されているんじゃないかとまで思っていたのだ。

「よかった。来てくれて……」

誠人のほうも、有紗と同じように不安だったのだろう。そう思うと、有紗の気持ちもようやく落ち着いてきた。ずっと不安で緊張していたのだ。

「君は客と絶対にデートしないと聞いていたから、応じてくれるかどうか判らなかったんだ」

それはきっと高梨が教えた情報なのだろう。かつて誠人が有紗に投げかけた疑惑は、もう消えたと思っていいのだろうか。彼は有紗が指名客とデートしていて、処女を失う以外のことは経験していると思い込んでいたようだった。

「わたし、お客様とは個人的なお付き合いをしないようにしていたんです。元々、父の治療費を稼ぐために働いていただけだから」

それに、今となっては、誠人以外の男性と付き合う気にはなれなかった。まして、彼の子供を身ごもっているのに、店の客とデートなんかできない。気軽な付き合いはできないし、それ以上の深い付き合いはもっとできなかった。たとえ、有紗がその気になったとしても、相手に対して失礼になるからだ。

部屋はスイートで、誠人が有紗を案内したところはリビングになっていた。ソファはL字形に置いてあり、有紗が一方のソファに腰を下ろすと、誠人はもう一方に座った。彼はいつでも有紗の横に座っていたから、こんなに離れて座ることに、戸惑いを覚えた。

でも、それは……わたし達の関係がもう変わってしまったからだわ。

雇い主と家政婦でもない。恋人でも愛人でもない。今は赤の他人だ。

有紗は悲しくなった。やっと会えたのに、前のようには戻れない。もちろん、娼婦《しょうふ》のように扱われたいとは、思っていないが。ただ、ほんの少しだけ慰めが欲しいと思ったのだ。今の誠人は優しいから。

有紗は自分の弱い心を叱った。自分がここに来たのは、彼の慰めを得るためではない。自分が妊娠していることを告げるためだった。

「何か飲むかい？」

「いいえ……。わたし、あなたに話さなくてはならないことが……」

「その前に、僕の話を少しだけ聞いてくれないか」

彼もまた有紗に話があると言っていたのだ。一体、なんの話だろう。とりあえず、彼が妊娠したわけではないことは確かだ。

「はい……。じゃあ、お先にどうぞ」

誠人は有紗をじっと見つめてきた。有紗の頭の中に、恋人だった短い期間のことが思い起こされて、自然に頬が染まっていく。

あの頃は本当に幸せだった……。

もう戻れないのに、どうして今も彼のことが好きなのだろう。有紗は自分の愚かしさが憎かった。

「まず、君に謝っておきたい。君を誤解していたこと。それから、君にひどいことをしたということ。君に対してあんな扱いをする権利なんて、僕にはなかった」

「……誤解って判ってくれました？」

誠人は頷いた。

「高梨に聞いて、やっと判ったんだ。君がナンバーワンだったのは、男を惹《ひ》きつける手練《てれん》手管《てくだ》を身につけていたからじゃなかった。そうじゃなくて、君は一流のセラピストみたいに、ただ会話するだけで、男を癒す力を持っていたんだ。僕自身、それを体験していながら、気がつかなかった。完全に騙《だま》されていたという考えに囚《とら》われて、君の言うことにも耳を貸さなかった。許してくれと言うのは、厚かましいと思う。でも、もし君が僕の過ちを許してくれたなら……これほど嬉しいことはない」

彼が自分の過ちを認め、許してほしいと言っている。そこから何かが生まれるのだろうか。有紗は期待しすぎる気持ちを必死で抑えていた。勝手な夢を見たりしたら、また傷つくことになるかもしれない。子供ができたと聞いたら、彼はまた騙されたと思うかもしれないからだ。

「誠人さんが判ってくれたなら……わたしはもういいんです」

彼の顔はぱっと輝いたが、それでも用心深い口調で尋ねた。

「本当に？　本当に許してくれるんだね？」

「はい。あのときのことは、本当につらかったけど、誠人さんが優しい人なのは判っていたし、本心から誰かを傷つけたりする人ではないって思っていたから……」

「ああ、君は……！」

誠人は有紗ににじり寄ると、いきなり抱き締めてきた。そうされて、有紗はずっと彼にこうしてもらいたかったのだと判った。

彼の腕の中はなんて落ち着くのだろう。これこそが、有紗の求めていたものだった。彼に抱き締められると、ときめきと同時に安らぎを感じる。他の男性に抱き締められたことは一度もないが、それでも自分が求めているのは、誠人だけだと断言できる。

彼は手を放したが、二人の距離はそのままだった。

「ごめん。つい……。君はもう僕の恋人じゃないのに」

有紗は恋人に戻りたかった。けれども、もう恋人じゃないと言われて、確かにそのとおりだと思った。彼はただ有紗のことを誤解していたと気づき、謝罪したかっただけなのだ。また有紗を好きになったなどと、一言も口にしていない。

「でも、君があまりにも優しいことを言ってくれたから、嬉しくて……」

「わたしはそんなに優しいわけじゃありません」

「いや、君が今言ったことは、誰にでも言えることじゃないよ。あれだけ傷つけられたら、嫌みの一言でも投げつけたくなるものだ。それなのに、君は僕のことをいいように解釈してくれている。僕には君に優しくしてもらえる資格もないのに」

それは、まだあなたを愛しているから。

だが、有紗はそんな告白なんてできなかった。誠人の気持ちはもう冷めているのだろう。彼はただ罪悪感にかられているだけだ。だとしたら、本心は言わずにおいたほうがいい。好きでもない相手に言われても、彼はきっと困惑するに違いない。

だいたい、彼にはもう新しい恋人がいるかもしれない。あれから二ヵ月は経っている。その可能性は高かった。

「わたし、誠人さんに誤解だって判ってもらえただけで充分です。他のことは望んでませんから」

誠人は一瞬、顔を曇《くも》らせた。何か変なことを口にしただろうか。だが、彼はすぐに気を取り直したように微笑んだ。

「僕の家を出てから、どうしてた？」

「就職したかったんですけど、上手く仕事が見つからなくて、とりあえずカフェでバイトを始めました。でも……あの……仕事中に倒れてしまって……」

「倒れた？　どうして？　病気なのか？」

彼は矢継ぎ早に尋ねてきた。倒れるなんて、普通ではないと思うだろう。それが妊娠のためだなんて、考えないに違いない。

有紗は彼が優しくしてくれる時間を引き延ばしていたかった。妊娠の事実を聞いたら、彼はまた激怒するかもしれないからだ。

でも……もう嘘はつきたくない。ごまかしても、問題を先送りするだけで、決して相手から信頼されることにはならない。

有紗は決心して、背筋を伸ばした。

「わたし、あなたに言わなくてはならないことがあるんです」

「それは……体調のことなのか？」

誠人は有紗につられたのか、とても真剣な表情をしている。

「赤ちゃんができたんです」

予想していたようなことは、何も起こらなかった。誠人はほっとしたような溜息を洩らしただけだったからだ。

「よかった。体調が悪いと君が口にしたときから、そうじゃないかと予想していたけど、もしかして言ってくれないのかと思っていた」

「あの……怒らないんですか？」

「怒る？　どうして？」

彼の視線は有紗のお腹に向けられた。まだ膨らんでもいないお腹を、いとおしげな眼差しで見つめられて、なんだかドキドキしてきた。

「だって……お金目当てだって言われると思ってたんです」

彼はギュッと眉を寄せた。

「そんなことを言うわけがないだろう?」

「だって、婚約していた方に、そういう嘘をつかれたんでしょう?」

「あ……ああ、そうか。すっかり忘れていた」

彼はとてもそのことで怒っていたし、そもそも彼がここまで女性を金目当てだと思い込むようになった原因は、まずそこにあったからなのに、まさか忘れていたなんて思わなかった。

「僕は君に夢中になりすぎていて、避妊を怠《おこた》っていたことがずっと気になっていたんだ。何かあったら連絡してほしいと言っておいたから、君が連絡してこないということは妊娠してないんだろうと思っていたが、まさかそんなふうに思われていたとは……」

「ご、ごめんなさいっ」

彼がそういう意味で連絡しろと言っていたとは、有紗はまったく気がついていなかった。それに、彼が避妊していたことは知っていたが、避妊を怠っていたことについては、今もよく判らない。そんなことがあったのだろうか。

「いや、僕のほうが悪いに決まっている。あれだけ君を非難しておきながら、子供ができたことを教えてもらえると思っていた僕が馬鹿なんだ」

「そんな……。誠人さんは悪くありません。ただ、わたしに勇気がなかっただけなんです。だから、お金目当てだと言われないように、出産費用を貯めてから話そうって……」

「ああ……」

誠人は額に手を当て、呻いた。

「だから、またクラブで働こうと思ったのか？」

「倒れたことで、バイトは首になったんです。叔父に妊娠のことを相談してみて、お酒を飲めなくても大丈夫だって言われたから、お腹が目立つようになるまでは働くつもりです」

「冗談じゃない！　今すぐ仕事はやめるんだ！」

誠人の激しい口調に、有紗は驚いた。

「で、でも……赤ちゃんを産んでからしばらくは働けないし、今のうちにお金を貯めておかなきゃ」

「そんなことは心配しなくていい。僕が全部面倒を見るから」

有紗は彼の優しさが嬉しかったが、その申し出を受けたら、後からまた非難されることになるかもしれないと思うと怖かった。

「いいえ！　誠人さんに全部頼るわけにはいかないんです」

「君のお腹の赤ん坊は、間違いなく僕の子なんだろう？」

そんなことを言われるとは思わなかったから、有紗はぽかんと口を開いた。

「……もちろんです！　あなたが疑うなら……」

他の男の子供のわけがない。彼に疑われること自体、心外だった。

「もちろん、僕だってそれは信じている。ただ、それなら、どうして僕が面倒を見てはいけないんだ？　赤ん坊には僕にも責任がある。僕は父親なんだ」

父親……。

有紗はその言葉の響きの素晴らしさに、一瞬、うっとりした。

そうだ。誠人は赤ちゃんの父親なのだ。

そう思うと、とてもわくわくしてきた。何より誠人自身の口からそれを聞いたことが嬉しかった。

「誠人さんがパパになる……」

彼はふと優しい目つきになって、微笑んだ。

「信じてくれ。僕は君のお父さんのようなパパになるよ。娘を心から愛して、可愛がってあげるパパになるから」

生まれてくる子供が娘とは限らないが、何故だか彼はそう思っているようだった。

「信じます。誠人さんはお祖母様にはとても優しいから。愛してくれる人には、無条件で優しくなれる人なんです」

有紗は思ったままのことを口にしたのだが、誠人の目には苦しみが過《よ》ぎった。

「それは……買いかぶりすぎだ。事実、君にはひどいことをした」

「でも、わたしが妊娠しているかもしれないって、気遣ってくれていたんでしょう？　誠人さんはずっとお金目当てだって、わたしを思っていたのに」

「本当のことを言えば、ずっとそう思い続けていたわけじゃない。あれから二ヵ月も時間はあったんだ。自分が間違っていたかもしれないと思うことはあったが、あれだけひどいことをした後だったから、自分を正当化するために、君のことを悪女に仕立てあげていた。本当は……」

有紗はその続きが聞きたかったが、誠人は言ってくれなかった。ずっと好きだったと言ってくれないかと、つい期待してしまった。そんなことはあり得ないのに。

「とにかく、君はもう一人で頑張らなくてもいいんだ」

「でも、何から何まで誠人さんのお世話になるわけにはいきません」

「君が働いていると、こっちが心配になってくるんだ。君が酒を飲まなくても、客は酒を飲む。たとえば……歩いているときに、酔っ払いが君にぶつかってきたら、どうするんだ?」

「そんな経験、ありませんけど」

有紗は首をかしげた。

「とにかく、僕は反対だ。生活のことは心配ない。君は僕の家に来ればいい。祖母も喜ぶ。待望の曾孫ができたんだから」

「それはできません」

「何故っ?」

有紗には誠人が心配してくれるのは嬉しいが、やはりそれは正しいことではないような気がした。

「誠人さんが援助してくださるのはありがたいと思うし、それを拒絶する気はもうありません。でも、一緒に住むのは……どうでしょう」

「まさかと思うが、独身の男女が一緒に住んではいけないなどと、時代遅れなことを言っているんじゃないだろうな?」

「家政婦としてなら……」

「残念だけど、家政婦はもう間に合っている」

やはり、そうではないかと思っていた。自分はあの家にはもう居場所はないのだ。誠人の愛人として、微妙な立場で暮らすのは、やはり嫌だった。

誠人は大きく息を吸い込んだ。そして、有紗の手を両手で握り締める。

「有紗……結婚してくれ。結婚すれば、君は妻として一緒に暮らしてくれるだろう?」

それは、紛れもないプロポーズだった。しかし、その言葉は自分のためではなく、お腹の子供のためだった。二人の間に誤解はなくなったとはいえ、やはりこんな微妙な関係なのに、結婚なんてできない。

有紗の目には涙が浮かんだ。

誠人さんの奥さんになりたい。ずっと一緒にいたい。でも……。

彼を不幸にはできない。本当に望んでいない結婚を、子供のためだけにしてほしくなかった。

「わたし……できません。無理です」

誠人の両手は有紗の手を放し、だらんと力なくぶら下がった。

「君はもう僕を好きではないからだね……?」

彼があまりにも意気消沈した態度で言うから、有紗は思わず口走っていた。

「そうじゃありません! それどころか……」

「それどころか？」

誠人がさっと顔を上げて、希望に燃えた瞳を見せた。それを見たら、続きを言わなくてはいけないような気がしてきた。

本当は言いたくない。これは片想いだからだ。けれども、どうしてプロポーズを断ったのか、はっきりさせておいたほうがいいだろう。そうでなければ、二人の間にまた誤解が生じるに決まっている。

これから生まれる子供のためにも、誤解はないほうがいい。できるだけ仲良くやっていきたかった。

「誠人さんのこと、ずっと好きです。心から愛しています」

心を込めて、有紗は告白した。誠人はじっと有紗の目を見つめていた。有紗もその目を見つめていて……。

誠人の目に涙が光ったのを見て、有紗は驚いた。

「……ありがとう。もう、とっくに嫌われているのかと思っていたのに」

「愛しているから、嫌いになれませんでした」

彼の涙は感動の涙のようだった。有紗は胸の奥がじんと熱くなってきた。

「それなら、どうして僕と結婚したくないんだ？」

「赤ちゃんのためだけに、あなたがしたくもない結婚を強いることはできないと思ったんです。わたしなんか、別に好きでもないのに……」

「僕が結婚をしたくないって？　君を好きじゃないって？」

誠人は泣き笑いのような表情で聞き返していた。

そうじゃなかったの……？

有紗は胸をドキドキさせながら、彼の次の言葉を待っていた。

「君が好きだ。愛してる。僕達の間に子供ができたのは最高の喜びだ。だから、君と結婚したいんだ」

有紗の胸は彼の言葉に震えた。

嬉しすぎて何も言うことができない。ただ涙が頬を濡らしていく。有紗は言葉の代わりに、彼に向かって両手を差し出した。

誠人がそれを摑み、引き寄せる。

二人は涙を流しながら、唇をそっと重ねた。

もう……もう本当に何もいらない。彼以外の何も。

今や人生は幸せに満ち溢れていて、輝いていた。

唇を離すと、誠人は有紗の目を覗き込んだ。

「結婚してくれ、有紗」

「はい……」

「僕と、あの家に戻ってくれるだろう?」

「はい……もちろん」

二人はもう一度、唇を重ねた。今度は重ねるだけでは済まなくて、貪るようなキスに変化していく。

二ヵ月も会わなかった。有紗も彼を求めていたが、彼もまた有紗を求めていたのだろう。やがて、彼は有紗を抱き上げ、ベッドルームへと連れていった。ベッドが二つあったが、その内の一つに有紗をそっと下ろした。

誠人は有紗の全身に目を走らせた。

「君のジーンズ姿なんて初めて見た」

「でも、もうすぐ穿《は》けなくなります」

お腹が大きくなれば、マタニティドレスを着なくてはならなくなる。有紗はそれが楽しみだった。お腹が大きくなるということは、赤ちゃんも大きく育つということだからだ。

「それも楽しみだ」

誠人は有紗の考えと同じなのだろう。嬉しくなって、微笑んだ。

「今日はそっとするよ。絶対にいじめたりしないから」

「判っています」

誠人はそんなことをする人ではない。有紗はもう彼を完全に信用していた。

彼は有紗の服を一枚ずつ脱がせていった。すべて取り去ったとき、彼は躊躇《ためら》いがちに有紗の下腹にそっと触れた。

「信じられない。ここに子供がいるんだね？」

「ちゃんといるわ……」

だから、時々、気分が悪くなる。それでも、妊娠したことを後悔したことはなかった。有紗にとっては、愛の証であり、誠人の分身だからだ。

誠人は有紗に微笑みかけ、それから自分の服を取り去った。彼の股間は硬くそそり立っていて、確かな欲望を示していた。もちろん有紗の身体も、何もされていなくても、もう熱く潤《うる》んでいる。

二ヵ月も会わなかった。だから、お互いが恋しくて仕方がなかったのだ。有紗は彼にキスされて、抱かれたかった。彼もまた同じような気持ちだったのだろう。

誠人は有紗の身体のあちこちに、優しくキスをしていった。まるで、自分のものであるという印《しるし》をつけるように、唇を押し当てていく。その仕草がたまらなくいとおしく思えてくる。

「胸が大きくなったんだね?」

「赤ちゃんのせいみたい」

誠人は優しい手つきで撫で、乳首にも触れた。そっとキスをしてくれて、ほっとする。ホルモンのせいなのか、敏感になっていたからだ。

やがて脚を広げてきた。久しぶりだから、なんとなく気恥ずかしい。頬を染めていると、誠人が顔を見て、にやりと笑う。有紗が恥ずかしがっていることに、気がついたのだろう。

「君のそういうところが可愛くて仕方がないよ」

誠人は秘裂に触れ、キスをする。そうする前にも蜜が溢れていたが、彼の愛撫でますます身体が蕩《とろ》けてくる。

彼は指をそっと挿入してきた。

「……大丈夫?」

「ええ。もっと……もっとして」

物足りなくて、思わずねだると、彼ははっとしたような顔をして頷いた。

彼は敏感なところに舌を這《は》わせながら、指でそこを愛撫《あいぶ》していった。甘い喘《あえ》ぎ声が、有紗の口から飛び出し、止まらなくなっていく。

「はぁっ……ああっ……っ」

今にも昇りつめていきそうになったが、有紗はギリギリまで我慢していた。今日は彼と一緒がいい。一人だけ昇りつめるのは嫌だった。

「お願いっ……もう……！」

彼はその意を汲《く》み取り、指を引き抜くと、すぐに中へと入ってきた。

「ああ……」

有紗は感動のあまり、泣きそうになっていた。

やっと彼と身体を繋げることができた。離れていた日々や苦しかった日々を乗り越えて、再び恋人だと言えるときが来たのだ。

「愛してる……有紗！」

誠人もまた自分と同じように感動しているのだろう。完全に二人は結びついている。もう二人を引き離すものは何もなかった。

彼が腰を動かすと、有紗もそれに合わせて腰を振った。忘れかけていた快感が甦ってくる。

ああ、なんて幸せなんだろう。

有紗は彼の首にしっかりとしがみついた。そして、両脚も彼の腰に巻きつけてみる。

「誠人さんっ……」

やがて、有紗は我慢できずに絶頂を味わった。ほぼ同時に、誠人も己《おのれ》を手放した。

「ああ……有紗……」

二人の乱れた息遣いや激しい鼓動が、相手に伝わっていく。有紗は本当に幸せだった。

二人の結びつきはもう完全なものだと判ったからだ。何も不安はない。彼を信じている。

少し落ち着いてから、誠人は有紗にキスをした。

「愛してるよ、僕の奥さん」

恋人を通り越して、彼の中ではもう奥さんになっているようだ。だが、それでもいい。奥さんという響きは可愛くて好きだ。もちろん、愛人なんかより。

「でも、どうして最初のプロポーズでは、愛してるって言ってくれなかったんですか？」

それだけは疑問だった。せめて、好きだと言ってくれたら、断ったりしなかったのに。

「君にした仕打ちを考えたら、なかなか言えないよ。図々しいというか、厚かましいというか……。今更、言っても、君は信じてくれないような気がしたし、何より君にはもう嫌われているんじゃないかと思うと、本心を曝け出すことが怖かったんだ」

つまり、片想いだと思っていたに違いない。結局のところ、彼の考えはやはり有紗と大差なかったということだ。

「わたしも同じです。愛してるとは言えなかったし、妊娠していることもできるならまだ言いたくなかった。でも、もう嘘をついたり、ごまかしたりするのはやめようって思いました。正直でいたいんです、誠人さんには」

誠人は微笑みかけてきた。

「僕も正直でいたい。何より自分自身を偽りたくない。君が大事だから」

「誠人さん……！」

二人の気持ちは盛り上がり、再び唇を重ねる。

もう自分達が離れることは二度とないと思った。

翌日の午後、ホテルから帰った二人は綺麗な服に着替えて、改めて待ち合わせをした。

そして、その足で入籍を済ませた。それから、二人でアパートまで荷物を取りに行き、そのまま有紗は花嫁として誠人の家へと向かったのだ。

すでに結婚することを告げられていた幸恵は、有紗に微笑みかけ、しっかりと抱き締めてきた。

「初めて見たときに判っていたのよ。あなたこそが、誠人を幸せにしてくれる人だって」

彼女の目には涙が光っていた。幸恵は誠人の幸せをずっと祈っていたのだ。かつて婚約者に裏切られたとき、誠人の苦しみを間近で見ていた人だからだ。

「わたし、絶対に誠人さんを幸せにします！」

考えてみれば、この結婚もまた父との約束を果たすことに役立っている。なんだか父に導かれて、自分はこの家にやってきたような気がした。

「僕はもう幸せだよ」

誠人は有紗の肩をそっと抱いた。もちろん有紗も幸せだった。

どこかで猫の鳴き声が聞こえたような気がして、有紗は振り向いた。そこには、小さな白いふわふわした子猫がいた。

「可愛い！　どうしたんですか？」

有紗は子猫を抱き上げた。可愛くて仕方がない。こんな猫を飼いたいとずっと思っていたのだ。

しかし、もちろん以前は影も形もなかった。どうして猫を飼う気になったのだろう。飼い主は幸恵か、それとも誠人なのだろうか。

幸恵はにやにやと笑っていて、誠人は照れ笑いをした。

「君は猫が好きなんだろう？　いつか君が戻ってくるに違いないと思って、飼い始めたんだ。……二ヵ月前から」

つまり、この子はわたしの猫なのね……。

自分のことをずっと愛していたという誠人の告白を、信じていなかったではないが、今はもう疑いの余地もないことだと思った。

誤解が解けず、有紗を疑っていたときでさえ、子猫を飼い始めていたのだから。

この子猫もまた愛の証だった。

「実を言えば、君がどんな悪女でもいいから戻ってきてほしいと思ったくらいだ。この猫は君への賄賂なんだよ」

有紗はにっこり笑った。

「ありがとうございます！　わたしも……もう充分なくらい幸せです」

幸恵は目を細めて微笑み、そっと窓からリビングを出て、庭へと移動していく。彼女が気を利かせたのは間違いないようだった。

有紗は子猫をソファに下ろして、誠人に寄り添った。誠人は有紗を抱き締めて、微笑んだ。

「離れていた間、君がここに初めて来たときのことを何度も思い出したよ。君自身が可愛い子猫のようだった」

「わたし……誠人さんのことは王子様のように思っていました」

有紗がそっと告白すると、誠人は声を上げて笑った。

「とんだ王子もいたもんだ。君は後悔した？」

「……いいえ。誠人さんを好きになったことは、一度も後悔したことはありません。傷ついたときもあったけど、それでも嫌いになんかなれなかった」

「有紗……！」

誠人は有紗を強く抱き締めると、唇を重ねてきた。軽いキスでは終わらず、いつしか舌が有紗の口の中に入り込んできて、我がもの顔に振る舞う。彼の舌もまた持ち主に似て、とても傲慢なのだ。

ああ、彼が好き……！

いとおしくてたまらない。心から愛していると言える。離れていたときも、有紗の頭からは決して彼は消えてくれなかったのだ。

どんな、つらいときでさえ……。

泣きたいときでも、彼のことはいつも頭の中にあった。愛する心と共に。

唇が離れたが、身体はまだ熱い。有紗は誠人に抱きついたまま、離れられなかった。まだベッドに入る時間ではないのに。

誠人はクスッと笑って、有紗の長い髪を撫でた。

「君の体調がよくなったら、ハネムーンに行こう」

「でも……お仕事が忙しいんでしょう?」

彼の仕事は恐らく有紗の想像以上に大変なものだろうし、そんなに簡単にスケジュールを空けられるのだろうか。

「僕の秘書は有能なんだ。何しろ、僕に大切なことを教えてくれたんだから」

「大切なことって……?」

「逃げてはいけない。ストレスに立ち向かえってさ。君に会いたくて悶々《もんもん》としていた僕に対するアドバイスだ」

CEOが秘書に人生相談するのだろうか。きっと、相談を持ちかけてしまうくらい有能なのだろう、その人は。

「会ってみたいわ」

「ダメだ。君とはちょうど年齢が釣り合うからな」

「年齢が釣り合うなら、お友達になれるかも」

「男なんだよ、そいつは」

「まあ……」

秘書という言葉から連想するのは、美しい女性だった。しかし、彼は身近に女性を置くのを嫌がったのだろう。

「男の人でよかった。嫉妬せずに済むもの」

「……君も嫉妬するんだ？」

彼の戸惑うような問いかけに、有紗は頷いた。

「元婚約者の話を聞くのは嫌でした。あなたがもう彼女を好きでなかったとしても、婚約したってだけで、すごくもやもやとしてしまって……」

誠人は彼女をまた強く抱き締めると、そのまま身体を持ち上げて、くるくると回した。

「誠人さん……！」

「僕は嬉しいんだ。嫉妬するのが僕だけじゃないと判って」

「誠人さんも嫉妬するんですか？」

「もちろんだ」

彼は有紗を床に下ろすと、頬に優しくキスをした。

「君の客は全部殺してやりたいほどだった。高梨の奴も」

有紗は思わず吹き出してしまった。

「わたし、どんなお客様にも、お友達以上の気持ちは抱いたことがないんですよ」

嫉妬なんてまったく必要ない。しかし、それは有紗の側の理屈であって、彼の感情はそんな言葉では収まらないのだ。

「証明してくれる?」

誠人は妙に真剣な顔で尋ねてきた。

「はい。でも、どうやって?」

「寝室の中でいいことをするんだよ」

彼もまた早くベッドに行きたいと思っていたのだ。まだ早い時間帯なのに。けれども、有紗もなんだか我慢できなくなっていた。彼への気持ちが高まってしまって、それを証明したくてたまらないのだ。

そっと頷くと、誠人は嬉しそうな顔で軽いキスをした。そして、有紗を抱き上げると、二階へと移動していく。

彼の熱い気持ちが嬉しい。彼の関心が自分だけに向けられていることが、何より嬉しかった。

誠人の部屋のベッドに静かに下ろされる。

大きなベッド。ここには、いろんな思い出がまだ残っていた。つらい思い出もあったが、これからの生活で、すべて忘れられるかもしれない。

「そうだ。有紗、ハネムーンの前に結婚式をしなくてはいけなかった」

「でも、わたし達……」

「入籍はして、正真正銘の夫婦だ。だが、君が僕の花嫁だということを、世界中に知らせなくてはいけない」

「世界中ですって？」

有紗は彼が大げさに言っているのだと思った。親戚とか友人のことを大げさに言っているのだと。

「我が社はいろんな国の企業と業務提携している。工場だって、世界中にある。ニューヨークには支社もある。結婚式は親戚と友人だけでいいが、披露宴は盛大にしよう。世界中に君を見せびらかしたい。こんなに可愛い花嫁が来てくれたんだって」

有紗は彼の愛情に満ちた言葉に涙ぐんでしまった。

彼の会社が大企業だということは知っていた。それなのに、そんな世界規模の会社だとは、まったく知らなかったのだ。その大企業のＣＥＯが、自分の夫になった。

もちろん、彼がどんな仕事をしていたとしても、きっと好きになっていただろう。しかし、どんな女性でも思いのままだっただろうに、有紗を追いかけてきてくれ、プロポーズしてくれた。

あんなに結婚を嫌がっていたのに……。

有紗は指に光る二つのリングを見た。今日贈られたばかりの婚約指輪と結婚指輪だった。彼は一ヵ月も前にこの指輪を買っていたのだ。有紗が妊娠しているかもしれないから、必要になるに違いないと思ったらしい。

彼がどれだけ有紗が身ごもることを楽しみにしていたか、それだけで判る。

有紗は彼の愛情の深さを感じずにはいられなかった。胸の中が温かくなる。これほど幸せな気持ちでいることを、有紗はどうしても彼に伝えずにはいられなかった。

「わたし……誠人さんが傍にいてくれるだけで、本当に幸せなんです。派手な結婚式も披露宴も……別になくていい。あなたが……」

「ああ、有紗……。なんて可愛いことを言うんだ」

誠人は有紗の身体をかき抱いて、股間の昂ぶりを押しつけてきた。彼はもう待てないのだろう。それは有紗のほうも同じだった。

好きで好きでたまらない。だからこそ、身体を重ねたいのだ。

彼の瞳が熱く燃えている。その眼差しに包まれて、有紗はこの上ない幸せを感じた。

「誠人さん……」

彼は顔を寄せてきた。愛情が高まる一瞬だった。

「愛してるよ、有紗」

「わたしも……。とっても愛してます」

そっと唇が重なった。

そのとき、たくさんのつらい思い出が別のものへと昇華されていった。

パパ……天国のパパ、わたしはとっても幸せです。

有紗の頭の中で、清らかなウェディングベルの音が鳴り響いていた。

あとがき

こんにちは。水島忍《みずしましのぶ》です。

今回の「CEO《シーイーオー》のプロポーズ」、いかがでしたでしょうか。皆さんに楽しんでいただけると嬉しいです。

今までティアラでは、英国ヴィクトリアンものばかり書いていましたが、今度はめずらしく現代ものです。ご主人様とメイド……こう書いただけで、エロい雰囲気が漂ってきますよね～（笑）。なので、メイドもののエロさを頑張って書いたつもりです。

で、定番はやっぱり裸エプロンですか。有紗《ありさ》ちゃんには可哀想ですが、ひらひらのフリフリの白いエプロン姿で、跪《ひざまず》いてもらいました。でも、ニーハイソックスは着用のままという……。もちろんヘッドドレスもつけてます。

他にも現代ならではの仕様やアイテムもありまして、ヒストリカル・ロマンスでは書けなかったものが全部ここに集約されているような気がします。今までティアラで書いたものより、BLに近い感じかな。書いた私はとっても満足ですけど、いかがでしょうか。

私が書くヒロインは、流されつつも気が強いタイプが多かったと思うのですが、有紗ちゃんは可愛くて、天然なところもあり、清純派です。気が弱いわけではなく、芯は強いけれども、根本的に尽くすタイプ。自分の信念を曲げない頑固さもあります。でも、作者としては、書いていて「いとおしくなる」タイプのキャラでした。

誠人《まこと》さんは過去にいろいろあって、女性を信じられない人なのですが、それにしても有紗ちゃんには冷たすぎですよね。おばあさんの策略に乗せられまいとするあまり、有紗ちゃんには素っ気ない態度を取っているものの、その実、彼女が気になって仕方ありません。最初から素直になればよかったのに。でも、素直になるには、あと一押しが必要で……。

その一押しが「脱衣所で鉢合わせ事件」でした。有紗ちゃんの律儀さが引き起こした事件と言えるかも。あのときから二人の関係は変わりますが、誠人さんの偏見はなかなかくならなくて。本当に、誠人さんの偏見に、有紗ちゃんは振り回されてばかりですよね。

ラブラブ・デートシーンは、書いていて楽しかったです～。私はあまり男性視点（BLなら攻視点）を入れないほうなので、新鮮だったいうこともあります。でも、有紗ちゃんを可愛いと思っている誠人さんが可愛くて、手しか繋いでないけど、そこがまた可愛いという……。幸せデートシーンでした。

恋愛的に山アリ谷アリで、もちろんハッピーエンドですけど、ラストも幸せいっぱいで好きなシーンです。

脇キャラもけっこうお気に入りです。幸恵《ゆきえ》さん、声しか出てこない高梨《たかなし》さん、名前も出てこない秘書さん……。幸恵さんの「にやり」は、もちろん有紗ちゃんの見間違えではないですよね。高梨さんが私の好きなタイプのキャラだというのは、私の作品を多く読んでる方にはピンと来ると思います。秘書さんは初稿には出てなくて、第二稿になって急に出てきた人なのですが、意外と重要なことを話してくれたりして……。この三人の脇キャラが、誠人さんと有紗ちゃんの恋を、いい感じにアシストしてくれてます。

この話の全体的なイメージとしては、私は「ほのぼの」かなーって。まあ、全然ほのぼのじゃないシーンもありますけどね（笑）。それは、私の作品の中ではお約束みたいなものですので、それはそれで楽しんでくださると嬉しいです。えへ。

さて、今回のイラストは秋那《あきな》ノン先生です。有紗ちゃんがとっても可愛くて……。顔はもちろん、メイド服がめっちゃ可愛いです！　そして、誠人さんがクールな感じの若きCEOという風情で格好いいんだけど、ある意味、可愛いところもあるという……。特にラブラブシーンでは、それを感じました。秋那先生、どうもありがとうございました！

私はひらひらとかフリフリとかの服が大好きなのですが、さすがにメイド服は着られない……というか、着てはいけないというか。まあ、私が着ようと思っても、家族が全力で止めるでしょう。その代わりといってはなんですが、今回、好きなだけメイド服を着た有紗ちゃんが書けたので、楽しかったです。

そういえば……こういうジャンルって、男同士の恋愛を書くBLとは区別して「男女もの」と呼んだりしているのですが、ボーイズラブみたいに誰か統一名称を決めてくれるといいなーと思います。

個人的には、自分の書いているものは「ロマンス小説」と呼んでいるし（これはリアルな「恋愛小説」と区別しているという意味で）、ヴィクトリアンものだと「ヒストリカル・ロマンス」と呼んでいますが。でも、海外のものとはやはり異なるものだと思うし、自分が書いているジャンルを単に「男女もの」と言ってしまうのは、なんとなく味気ないですよね。なので、誰か名前をつけてほしいです。

まあ、そんなわけで、このジャンルの小説をこれからもたくさん書けたら嬉しいです。もちろん、今回のような現代ものも。

それでは、また。

CEO《シーイーオー》のプロポーズ

ティアラ文庫をお買いあげいただき、ありがとうございます。
この作品を読んでのご意見·ご感想をお待ちしております。

✦ ファンレターの宛先 ✦
〒102-0072　東京都千代田区飯田橋3-3-1
プランタン出版　ティアラ文庫編集部気付
水島忍先生係／秋那ノン先生係

ティアラ文庫WEBサイト
http://www.tiarabunko.jp/

著者——水島忍（みずしま　しのぶ）
挿絵——秋那ノン（あきな　のん）
発行——プランタン出版
発売——フランス書院
〒102-0072　東京都千代田区飯田橋3-3-1
電話（営業）03-5226-5744
（編集）03-5226-5742
印刷——誠宏印刷
製本——若林製本工場

ISBN978-4-8296-6592-3 C0193

ティアラ文庫

Tia6591

♥ 好評発売中! ♥

原稿大募集

ティアラ文庫では、乙女のためのエンターテイメント小説を募集しております。
優秀な作品は当社より文庫として刊行いたします。
また、将来性のある方には編集者が担当につき、デビューまでご指導します。

募集作品

H描写のある乙女向けのオリジナル小説（二次創作は不可）。
商業誌未発表であれば同人誌・インターネット等で発表済みの作品でも結構です。

応募資格

年齢・性別は問いません。アマチュアの方はもちろん、
他誌掲載経験者やシナリオ経験者などプロも歓迎。
（応募の秘密は厳守いたします）

応募規定

☆枚数は400字詰め原稿用紙換算200枚～400枚
☆タイトル・氏名（ペンネーム）・郵便番号・住所・年齢・職業・電話番号・
　メールアドレスを明記した別紙を添付してください。
　また他の商業メディアで小説・シナリオ等の経験がある方は、
　手がけた作品を明記してください。
☆400～800字程度のあらすじを書いた別紙を添付してください。
☆必ず印刷したものをお送りください。
　CD-Rなどデータのみの投稿はお断りいたします。

注意事項

☆原稿は返却いたしません。あらかじめご了承ください。
☆応募方法は郵送に限ります。
☆採用された方のみ担当者よりご連絡いたします。

原稿送り先

〒102-0072　東京都千代田区飯田橋3-3-1
プランタン出版「ティアラ文庫・作品募集」係

お問い合わせ先

03-5226-5742　　プランタン出版編集部